QUAND LA VILLE S'ÉTEINT

www.editions-jclattes.fr

Julia Pialat

QUAND LA VILLE S'ÉTEINT

Roman

LA GRENADE
JC Lattès

Conception graphique de La Grenade : Sarah Kahn
Couverture : Manon Bucciarelli

ISBN : 978-2-7096-6849-1

Première édition août 2021.

« Si tout est moyen
Si la vie est un film de rien
Ce passage-là était vraiment bien
Ce passage-là était bien »

Alain Souchon, « Le Baiser »

1.

En ce temps-là, Strasbourg – Saint-Denis bruissait encore de l'énergie chaotique des quartiers populaires. C'était peu de temps avant que le quartier se fasse sauvagement gentrifier la gueule. Les boucheries halal donnaient encore du tu aux coiffeurs algériens. Les blédards se réunissaient devant les magasins de téléphonie mobile détenus par des Pakistanais. On pouvait s'échanger des cigarettes trafiquées et des bananes plantains. C'était la grande époque des magasins alimentaires chinois et des tailleurs turcs. Les salons de coiffure afro avaient pignon sur rue. Salon de la tresse, Palais de la mèche, Prestige Beauté, Saint-Esprit Cosmétique, Gloire à Dieu coiffure.

À la fin du mois d'août, le bordel de « SSD » est à son paroxysme. En cette veille de rentrée scolaire, il fait une chaleur du feu de Dieu et l'ambiance est particulièrement électrique.

Cobra sort de l'Alimentation du Faubourg, l'épicerie de son père. Il remonte la rue du Faubourg-Saint-Denis avec sur la gueule cet air attendrissant qui ne le quitte plus depuis qu'il s'est mis en tête de devenir une vedette : « Faites-moi percer, faites de moi une star s'il vous plaît ». Ce jour-là, le jeune homme est extatique : il doit retrouver French et Margaux, ses deux meilleurs copains qu'il n'a pas vus de l'été.

French – âge : *atomique*, célibataire à l'état civil, disquaire de profession –, s'est taillé dans le Sud tout le mois d'août avec sa dernière conquête, écumer les brocantes et les vide-greniers à la recherche de disques rares dans sa camionnette blanche banalisée. La dernière fois que Cobra l'a eu au tél, le mec avait des vertiges après avoir mis la main sur des disques de chants d'oiseaux et de cris d'insectes. Des vinyles rares de « field recording », dégotés pour trois fois rien chez un vieil antiquaire à Martigues. En état d'ivresse musicale, il s'est écrié : « Les Japonais vont adorer. »

De son côté, Margaux, sa pote « Diji », est partie se dorer les pommettes à Calvi, où elle s'est enfilée des gin to' les pieds dans le sable après avoir passé quelques disques on the Rocks. À en croire ses photos, l'été a été très hot. Cobra court presque acheter des clopes tellement il est surex'.

Lui est resté bloqué à SSD au milieu des putes, des clodos, des pigeons et des shlags. Contrairement à ses potes, des enfants de la balle qu'il connaît depuis qu'ils ont gravé leur nom au compas sur les tables lustrées du collège Louise Michel, Cobra a passé les vacances de corvée à prêter main-forte à son père qui tient une des épiceries du quartier.

Des semaines ardentes à arpenter le macadam brûlant, aux côtés de ceux qui ne partent pas en vacances. Les délaissés de la République. Ceux qui vont au centre aéré et en reviennent du sable plein les poches. Du sable de terrain vague, pas du sable de la mer. Celui qu'on utilise pour les chantiers. Ceux-là même dont parle 113 dans la chanson. « Tonton du bled », vous voyez ? C'est avec eux qu'il a frôlé les murs, à la recherche d'un peu de fraîcheur en plein cagnard citadin. Mais l'été n'a pas été vain puisque ce job lui a tout de même permis de mettre un petit pécule de côté. De quoi payer l'ingé son et le matos quand les maisons de disques le signeront.

Tandis qu'il chemine, balayant du regard les devantures du quartier, Cobra est surpris de constater la fermeture du pressing de Mme Nguyen, transformé en un énième spot cher et laid où se bousculent des kids branchés. Il passe devant les bars PMU, les bars à jus de fruits et les fromagers. Puis il achève sa course au 47, à la terrasse de Chez Jeannette, son repère, son QG. « Le bureau », comme il l'appelle. Là où l'attend French, installé en terrasse, les pieds calés sur un tabouret.

Strasbourg – Saint-Denis est alors scindé en deux : au début, les spots de blédards, le Sully, les tabacs avec les chaises en plastique en terrasse et les boucheries halal ; en haut, les petits spots dans le vent. Au sommet de la chaîne alimentaire, l'hôtel Grand Amour, lieu branché du quartier réhabilité par un dandy graffeur dont on ne fait plus la réputation. Ascension sociale expresse au rythme de tes pas. Plus tu montes dans la rue du Faubourg-Saint-Denis, plus tu accèdes aux endroits branchés.

Chez Jeannette est de ceux-là. Le troquet de la rue du Faubourg Saint-Denis, avec son esthétique « à l'ancienne », son comptoir en formica orange, son papier peint défraîchi et ses banquettes en moleskine rouge est le repaire de Cobra et de sa bande depuis toujours. Chez Jeannette, c'est un bar du haut de la rue, côté bobo. Population 100 % WASP, qui sort des bureaux proches de la gare de l'Est. Petits jeunots nourris au jambon-coquillettes qui arborent des tatouages « *Live Fast Die Young* », casquettes siglées sur la tête, looks *streetwear* savamment étudiés, cheveux décolorés, barbes ou tempes rasées, venus là s'encanailler dans l'un des seuls quartiers qui conserve intacte sa *street cred*.

Quand il voit Cobra, French bondit avant de lui ficher une bonne grosse accolade dans le dos. Les deux mômes se câlinent. Puis French hurle à l'intérieur du bar :

— Pento, sers nous deux blondes steuplé !

Pento, son frère, c'est le garçon de café, derrière le comptoir. On lui a donné ce blase pour la blague. Parce qu'il a le crâne rasé. Rapport à la crème qu'on met dans les cheveux pour les lustrer. Le bras dans le plâtre, Pento a le nez plongé dans un livre comme on en trouve chez les bouquinistes intitulé *Sexe et solitude*. Il lève mollement la tête de sa lecture, jette un œil à son petit frère, salue Cobra d'un sourire et s'active mid-tempo.

Sur la table, trône une pile de revues et de vinyles surmontée du dernier exemplaire de *Stéréo Magazine*, la bible des collectionneurs de disques. French s'empresse d'ouvrir la revue qui traîne devant ses yeux et de lui montrer sans masquer sa fierté l'article consacré à son magasin de disques.

— Ils m'ont mis dans le numéro de rentrée !

Deux ans plus tôt, French a ouvert le Digger's Club, rue des Petites-Écuries, à deux pas du New Morning. Un local sur le déclin, aux murs effrités qu'il a retapé à la sueur de son front, en se raclant les ongles sur les parois décrépites. Depuis, le Digger's Club est devenu un repère de kids en jean Levi's à la pointe de la house de Chicago, des gosses de riches qui veulent se lancer dans l'art du mix et finissent DJ de mariages et de bat-mitzvah.

— Putain chanmé ! s'exclame Cobra. Ça y est, c'est la consécration !

Puis se tournant vers Pento, il clame tout sourire :

— Ramène-nous deux coupes de champ' plutôt.

Entre les goonies qui sortent de l'école primaire et l'épidémie de blanches qui se sont fait des tresses, les zonards et les scooters qui serpentent dans tous les sens, le Faubourg Saint Denis, à cette heure de l'après-midi, est un peu l'antichambre de l'enfer. Le boudoir. Alors que French observe ce bataclan, Cobra ferme la revue négligemment et tombe sur la couverture qui titre avec moule emphase « RIP. La mort du rap français ».

— C'est quoi ça encore ?

French se marre.

— Ouais j'ai vu ! Ça parle des petits suiveurs de centre-ville qui écoutent du rap pour se donner un genre…

Cobra cherche l'article et se met à lire quelques bribes, empruntant une de ces voix pontifiantes qu'affectionnent les journalistes parisiens :

« Que s'est-il passé ? Le rap, éphémère mode musicale devenue "phénomène de société", est-il devenu une caricature ? Les rappeurs sont-ils les nouveaux bouffons du roi ? À la rédaction, nous nous sommes interrogés : qui écoute encore du rap français aujourd'hui ?

Est-ce que le rap est mort ? Permettez-nous de répondre par la positive. Déçus par ce que nous observons comme une avanie à la musique des quartiers, nos yeux sont désormais rivés vers l'avenir : quel sera le prochain genre musical capable de prendre la relève ? Quelle sera la musique du XXIe siècle ? »

Cobra avale une gorgée de bière et part d'un grand éclat de rire :

— Help ! Encore un de ces articles à la con de journalistes qui s'emmerdent !

Ce n'est pas la première fois que la presse écrite annonce la fin de ce courant musical. Loin de là. Il est même de bon ton de cracher dans la soupe à un moment où le rap est numéro un dans l'AirPlay. French surenchérit :

— Mais ouais, c'est abusé ! Tout ça pour se faire mousser.

Pento, qui vient de déposer deux coupes sur la table, lance à Cobra tout sourire :

— Bah oui, mec, c'est toi la relève !

2.

Alors qu'il nettoie la table d'à côté, Pento voit un scooter se garer devant Chez Jeannette. Un quarantenaire aux allures de surfeur, bomber Carhartt sur le dos, Air Force One aux basques, pose le pied à terre tandis que Margaux, à l'arrière de la bécane, enjambe l'engin de ses longues jambes hâlées. Elle ôte le casque d'une main experte, laissant se répandre sa tignasse blonde sur ses épaules et inondant soudain la rue de ses reflets dorés, se penche vers le conducteur, lui colle un baiser bien senti sur les lèvres et bredouille quelques mots inaudibles depuis le poste d'observation de Pento. « C'est qui ce mec ? » il demande à Cobra qui hausse les épaules, impuissant. Le pauvre. Il est en PLS. Des années que Pento trouve Margaux *Supa Dupa Fly*. Mais la jeune femme ne lui donne archi pas l'heure.

Margaux murmure encore quelques mots, le regard dans le lointain, puis le type fait vrombir sa Vespa et s'éloigne à vive allure dans les profondeurs de Paris. Elle salue la bande et pénètre dans le bar. Pento l'observe abasourdi. La revoir si belle après l'été, les cheveux blondis, jette un trouble violent dans son âme. Le pauvre, il est en plein syndrome de Stendhal. L'avion de chasse passe près de lui, lui glisse un sourire infernal, susurre :

— Hello Pento ! Sympa ce que tu lis ! et s'achemine jusqu'aux toilettes d'une allure assurée.

Plus tard, French lui demande :

— C'est ton mec, le vieux qui t'a déposée ?

Margaux recrache de la fumée par les narines avant de lâcher :

— On est dans un vide juridique, faisant papillonner ses cils sur des yeux lagon bleu.

— Il est connu non ? C'est pas un booker qui bosse pour des DJ réputés ? s'empresse de demander Cobra.

Margaux lui jette un regard perçant et opine de la tête, d'un air blasé.

— Ouais.

Pento tend négligemment l'oreille pendant qu'elle explique avoir fait la connaissance d'Alex, le mec du scoot, un tourneur assez côté sur Paname, qu'elle voit de temps à autre. Une histoire sordide de coucherie, de manipulation et d'intérêts entrelacés, lui ayant le bénéfice de se taper une minette de vingt-cinq ans, elle d'obtenir des opportunités de jouer dans les boîtes les plus cotées de la capitale. Classique. Enfin, c'est ce qu'elle se raconte pour ne pas reconnaître qu'elle l'aime *en C mineur.*

— Et il va t'aider pour avoir un plan pour jouer à la Concrete ? demande French.

Margaux aspire une latte de sa cigarette avant d'expurger une volute de fumée et de répondre dans un souffle d'exaspération maximale :

— Je sais pas.

Margaux est une fille de la nuit. Depuis toujours elle rêve d'être disc-jockey. Et malgré des études de droit lamentables, suivies pour faire plaisir aux parents, elle n'aime rien de plus que de faire chanter les machines. C'est French qui lui a appris à manipuler les platines. Ils ont grandi dans le même immeuble et souvent, French invitait Margaux à écouter des disques et à caresser la feutrine. Ensemble, ils ont passé leurs soirées dans les boîtes des Grands Boulevards, à écouter pieusement les pionniers de la techno, accoudés aux barrières de sécurité devant la scène, la tête entre les mains, en transe. À dix-sept, dix-huit ans, Margaux a commencé à organiser des soirées avec les copains dans les apparts des parents. Et puis très vite, elle s'est mise à jouer dans des petits bars. Une histoire très classique dans le milieu. La techno, c'est sa batterie. Si tu coupes le son, c'est terminé.

— Laissez-moi jouer à la Concreteeee, Margaux se lamente.

Mais Cobra n'écoute pas. Il a aperçu de l'autre côté de la rue, devant le bar le Mauri7, une jeune femme qui tient la main d'un petit garçon. C'est la sortie du centre aéré et le trottoir est constellé de mômes aux tenues bariolés, le dos cassé par leurs sacs à dos trop grands. La jeune femme s'est arrêtée pour discuter avec une autre trentenaire devant une poussette tandis que le petit garçon joue avec un chien. Les deux mamans font du small talk. Cobra bondit vers elle. Il pose la main sur son bras et s'exclame :

— Mélodie ?

Interloquée, celle qui n'a pas trente ans et l'air fatigué, se tourne vers lui et lui jette un regard d'incompréhension.

— Excuse-moi de te déranger. Je t'ai envoyé une maquette il y a deux mois, une mixtape de rap. Je sais pas si t'as pu l'écouter…

Prenant à témoin l'autre mère qui assiste à la scène, Mélodie s'exclame :

— Je suis avec mon fils, là. Ça peut pas attendre lundi ?

Cobra, mal à l'aise, bredouille :

— Déso. Comme j'avais pas de nouvelles… J'étais en face, Chez Jeannette – et il pointe du doigt la terrasse du bar où French et Margaux le fixent ardemment – et je t'ai vue passer… Je voulais pas te déranger…, il ajoute, se confondant en excuses.

— OK, elle répond froidement. Là, j'ai plus ça en tête, mais je peux te rappeler lundi. Redonne-moi ton nom ?

— Euh c'est Cobra ! il s'écrit, se rendant bien compte de sa maladresse, avec l'impression de sacrément forcer.

— Aaah mais oui, je me souviens de toi ! elle s'exclame surprise. C'est toi qui m'avais écrit sur Insta, non ? Je t'ai pas rappelé parce que généralement je ne rappelle pas les artistes que je ne vais pas signer. Tu comprends, j'ai pas le temps pour ça. Je reçois des centaines de démos chaque semaine. Oui, non, on va pas pouvoir travailler ensemble désolée. En plus t'es mignon mais les prods que t'achètes sur Internet toutes faites pour 200 balles, tu éviteras à l'avenir, hein.

Elle achève sa phrase en glissant un sourire entendu à l'autre mère, un sourire de femme mature à qui on ne la fait pas. L'autre, prenant la balle au bond, lui répond d'un sourire d'alliée. Puis Mélodie se tourne vers son fils et s'exclame :

— Matéo, viens on rentre. Papa nous attend, avant de se tourner vers Cobra et de lui glisser : excuse-moi, je dois y aller. Bon courage !

Cobra s'écarte. Sidéré, il traverse la rue, manquant de se faire renverser par une trottinette électrique et s'assied sans mot dire sous le regard interrogateur de ses deux potes. Il noie son visage dans sa pinte de bière avant de taper du poing sur la table et de s'écrier :

— C'est bon, j'ai pas besoin des maisons de disques. Je vais le faire tout seul cet album. Cette année ou jamais !

C'est ce moment que choisit Hugo pour débarquer. Vêtu d'un T-shirt de football usé, à l'effigie d'un club pourri de Coïmbra, et d'un vieux jean retroussé aux chevilles, il s'avance vers eux, une cigarette à la main et, s'adressant à Cobra, murmure durement :

— Papa demande si tu peux venir l'aider quand tu auras fini de perdre ton temps avec les bourges.

Il a le regard noir, l'air irrité, masquant à peine sa rancœur de devoir aller chercher ce petit frère oisif alors qu'il a tellement de boulot à l'épicerie. Hugo les bastonne des yeux quelques minutes puis s'en va en claudiquant. Sa rudesse est à l'image de sa frustration. Il en veut au benjamin d'avoir d'autres prétentions que de décharger des cageots de fruits pourris.

Une fois son frère parti, Cobra se tourne vers French et lui glisse un sourire contrit. Heureusement qu'il a ses potes. French et Pento l'ont adopté. Il est devenu au fil des ans presque un troisième gosse pour leurs parents. Toujours fourré chez eux à jouer à Fifa, à fumer des joints sur le balcon, à piquer des bières dans le frigo et à bavarder avec la daronne dans la cuisine. Allez savoir ce qu'ils pouvaient bien se raconter. C'est depuis qu'il a rencontré French, Pento et Margaux, ses frères d'armes, que son cœur s'est vraiment mis à battre.

En partant, il passe au bar régler ses consos. Un habitué s'emballe :

— Putain, vous avez encore augmenté les prix de la carte pendant l'été ? On doit donner un rein pour un Moscow Mule ?

Cobra se marre. Il tend à Pento un billet de dix. Celui-ci fouille dans la caisse, en extirpe deux billets de cinq qu'il lui rend en lui faisant un clin d'œil. Cobra hésite avant de saisir la monnaie et de partir aider son frangin.

3.

Ce soir-là, Cobra traverse l'entrée sur la pointe des pieds. Son père est écroulé devant la télé, la télécommande à la main, les pieds calés dans des claquettes en plastique. Il ronfle bruyamment devant une rediffusion d'*Alien*. Cobra ne peut s'empêcher de lui lancer un regard piteux. Il parcourt l'appartement à la hâte, jette un coup d'œil oblique dans la cuisine. Personne. Il s'empresse de traverser le long couloir. Son cœur bat vite tandis qu'il passe devant la porte de son frère. La flemme d'une embrouille. Pas la force de contrecarrer ses attaques. Par chance, le logis est silencieux.

Une fois parvenu dans sa chambre, Cobra peut souffler de nouveau. Allongé sur son lit, il se connecte sur Insta et scrolle quelques minutes. Il parcourt cet océan d'images. Des culs, encore des culs, une vidéo marrante d'une influenceuse emportée par une vague en voulant prendre une photo. Cobra « like ». Puis encore des culs. Des filles de treize ans dansant des chorégraphies millimétrées sur TikTok. Hanche gauche, hanche droite, ondulation du nombril, tape dans les mains. Sourire Colgate. « Abonne-toi à ma chaîne. » Enfin, une publication d'une chanteuse de pop américaine aux cheveux verts et aux vêtements trop grands paradant les bras chargés de Grammys. Cobra met un cœur en dépit du fait qu'il est *dans sa jalousie*. Il soupire, coupe son tél et s'enfonce plus profondément dans le matelas. Le téléphone vibre à nouveau. C'est French. « Tu fous quoi ? »

Cobra regarde l'heure, inspire, ouvre son ordinateur portable, et se connecte à Twitch. C'est leur rencard régulier. Une partie de Grand Theft Auto sur le site de jeux en réseau le plus squatté de la planète. French a choisi une Lamborghini jaune vif dans un décor de rêve : Sunset Boulevard, sur fond de coucher de soleil. Un truc de sentimental. Cobra l'a tricard direct. Avec son casque, il lui lance goguenard :

— T'es vraiment une baltringue !

Il monte dans son Hummer et se met à arpenter Los Angeles, ses routes arborées et ponctuées de panneaux publicitaires. Le jeu vidéo diffuse un morceau de rap, comme dans un clip.

French lui demande :

— T'as eu des news de Def Jam ?

Cobra a envoyé à cet important label indépendant de rap une maquette quelques semaines plus tôt, profitant du calme de l'été, pensant naïvement que cela les pousserait à être plus bienveillants. Il répond dans son casque audio un « ouep » laconique. Il tend la main vers le cendar tout proche et récupère une fin de joint qu'il allume, sans quitter la route des yeux.

— Alors, gros, ils ont dit quoi ?

— C'est l'autre Mélodie machin, avec qui j'ai parlé tout à l'heure.

Mélodie est A&R, *Artists and Repertoire.* La directrice artistique du label. Celle qui dispose du pouvoir divin de « découvrir » les nouveaux talents. Autrement dit, elle a droit de vie ou de mort sur les péquins qui envoient leurs démos comme Cobra.

— Mélodie, la blonde, là ? Celle qui était avec le môme ?

Cobra se gare sur une place de parking devant un *diner.* Il saute du véhicule et claque la portière.

— Yes. Elle a dit que c'était pas dégueu mais que les instrus étaient vraiment pourries et que l'enregistrement des voix était nul à chier.

Cobra sort du *diner* quelques minutes plus tard, chargé de sacs de billets pleins à craquer. Le visage couvert d'un collant de femme. French, un *gun* à la main, tirant sur deux flics en faction, jure « mais nan ! » Une course-poursuite éclate.

French et Cobra roulent côte à côte vers le crépuscule, trois voitures de police à leurs trousses, toutes sirènes hurlantes. French fait une embardée vers la gauche et tire sur les keufs depuis le siège du conducteur.

— T'inquiète frère, c'est une bouffonne. Elle est trop frustrée de la vie, elle s'est vengée sur toi.

Cobra hausse les épaules devant l'écran de son ordinateur tout en semant la patrouille de police en empruntant une bretelle d'autoroute.

— Je sais pas, mec. Elle a peut-être raison.

Il rallume son joint. Les deux véhicules filent à bonne allure sur la quatre voies quand surgit un hélicoptère dans le ciel violacé. Cobra et French accélèrent tandis que le vrombissement strident de l'hélico couvre le beat de la musique.

— Faudrait que je trouve un studio, quelque chose pour enregistrer un son clean… En plus j'ai pas une thune…

— T'as qu'à demander à Margaux mec, elle connaît bien ce milieu. Elle peut te donner des conseils.

Les véhicules de police surgissent soudain d'on ne sait où et leur collent le train sévère.

— Mais grave, dit Cobra, t'as trop raison. Je sais pas pourquoi j'y ai pas pensé !

Les sirènes harcèlent maintenant les conducteurs. Devant eux se dresse un barrage de police. Cobra tente de fuir par le terre-plein à côté de la route mais une voix métallique jaillit d'un puissant mégaphone : « *Leave the vehicule sir. You're surrounded.* » Cobra soupire. Il arrête le puissant 4×4 et, caché derrière la portière, se met à tirer sur les policiers qui le mitraillent à leur tour. Il se replie derrière la portière, cherche French du regard mais l'aperçoit quelques mètres plus loin au pied de sa voiture, couché dans une mare de sang. Hagard, il se redresse et lève les bras en l'air, avançant vers les forces de l'ordre en reddition. Un jeune flic zélé l'abat sur-le-champ.

— Putain mec c'était chaud ! Cobra murmure, tout en reprenant son souffle.

French ne répond pas.

— T'es toujours là, frère ?

Quelques secondes s'écoulent puis French revient à la vie.

— Ouais, déso, c'était mon date Tinder. Finalement, elle peut se libérer. Je la retrouve dans dix minutes ! J'te laisse frère. On parle de tout ça demain !

Laissé seul face à ses pensées, Cobra fixe le plafond. Il balaie du regard la pièce, un peu défoncé. Complètement avachi, il tend le bras mollement vers son ordinateur et googlise avec le peu de force qu'il lui reste « studio musique Paris location ». Une centaine de résultats apparaît sur l'écran. Cobra les parcourt du regard distraitement. Les tarifs sont prohibitifs. Il va devoir encore raquer, passer la serpillière et voler du biff dans la caisse du daron. Il croit entendre le parquet grincer et sursaute, l'oreille aux aguets. À l'exception de son père qui ronfle devant la télé, la maison est pourtant vide. Peut-être le chat du voisin qui est entré par la fenêtre, comme cela arrive parfois. Cobra se dit que French n'a pas tort. S'il veut percer avant la fin de l'année, il faut qu'il se rencarde sur la prod'. Et quoi de mieux que de demander à la meuf la plus au taquet qu'il connaisse sur tous ces bails de musique électronique : sa meilleure pote. Il se sent con de ne pas y avoir pensé plus tôt. Cobra s'empresse d'envoyer un message à Margaux. Puis il décide de se rouler un joint à nouveau.

Toute la journée, la chaleur s'est condensée au-dessus de leur tête. Paris est une cuvette et l'air est saturé. Cette fournaise infernale pèse sur les pensées de Cobra dont l'esprit divague. Il ouvre le tiroir de sa table de chevet à la recherche d'un peu de verte et tombe sur tout un tas de sachets colorés. Il en sort un sur lequel Jul fait le signe avec les doigts mais le paquet est vide. C'est son délire du moment : collectionner les pochons de weed. Des petits sachets hilarants sur lesquels sont imprimés la photo de ses rappeurs préférés ou des clichés tirés de GTA. Il en a même un avec la tête du président de la République, un gros spliff aux lèvres. Il retourne tout ça en vitesse et finit par trouver quelques têtes dans un paquet estampillé « Kinder surprise ». Cobra égrène l'herbe tout en soupirant. Il est en train de lécher une feuille quand il entend son téléphone portable vibrer à côté de lui, sursaute et s'empresse de lui jeter un œil. Sur l'écran s'affiche une notification Apple : « La nouvelle mise à jour iOS est disponible. » Désabusé, il pose le cellulaire sur le côté et termine son labeur. Cobra est en bad. Il redoute que Margaux ne lui dise non. Après tout, elle a peut-être autre chose à foutre que de l'aider à produire un album…

Une fois le joint tassé avec une clé, Cobra se cale dans son pieu, l'allume et fixe les murs vides. Il ne peut s'empêcher de se dire qu'il est urgent qu'il se taille de cet appart. Il tire une taffe. La bouffée pénètre son corps, lèche la cavité nasale. Elle caresse le bulbe olfactif, frôle la trompe d'Eustache, puis glisse dans le larynx, inondant les bronches. Voler de ses propres ailes… Il pense, tandis que la weed se répand dans son corps, gonflant le thorax. Trouver de l'oseille… Devenir une star du rap… La beuh fait son effet. L'euphorie le gagne. Bientôt le duplex sur l'île de la Cité, la Lambo, les meufs en vrac… Cobra songe en s'endormant à demi… Il est high. Il délire. Une vibration le tire de ses rêveries. C'est Margaux. « Grave, on s'en reparle. » Cobra expurge un nuage de fumée, atteignant son climax. La fumée le quitte tandis qu'il s'enfonce un peu plus profondément dans son lit, abandonnant une écume de bien-être dans sa carcasse.

À travers la vitre, des éclairs dorés déchirent le ciel qui se fend en deux. Le tonnerre sort à peine Cobra de sa torpeur. Languide, il se fait la promesse qu'il aura quitté ce cloaque au plus tard dans un an. Puis une pluie torrentielle s'abat sur la ville.

4.

Après l'orage de la veille, Paris a perdu dix degrés et l'air est à nouveau respirable. Cobra, l'âme délestée, doit prêter un coup de main à son père au magasin. Puis il a convenu avec Margaux de faire un tour en fin d'après-midi dans un des studios qu'il a repérés la veille. Cette fois-ci, les kids ont décidé d'unir leur force : Cobra pour produire des instrus de qualité afin d'accompagner ses lyrics et Margaux pour apprendre à utiliser les logiciels compliqués de musique assistée par ordinateur.

Cobra prend son petit-déjeuner en écoutant la radio.

— Nous avons le plaisir et l'honneur de recevoir Diva dans la matinale de Nova, s'exclame, enjoué, le présentateur. Ellis et Gary sont en studio pour nous présenter le dernier single qu'ils viennent de sortir. Ça s'appelle « Salomé ». On l'écoute tout de suite…

Une musique rock psychédélique avec des voix féminines fantomatiques résonne dans le speaker. Cobra se beurre des tartines.

— Racontez-moi un peu la genèse de ce morceau qui parle, si je ne m'abuse, de l'histoire d'un type qui a un peu déconné et qui présente ses excuses à une fille.

— Ouais, alors en fait « Salomé » c'est l'histoire d'un mec qui fait un peu d'introspection après la période Me Too, dit Ellis mielleux. Il fait un petit bilan sur sa vie sentimentale et, en y réfléchissant, il se rend compte qu'il ne s'est pas toujours bien comporté avec les femmes…

— … Et notamment avec une dénommée Salomé, glisse en souriant Gary.

— Voilà, reprend Ellis. Du coup, il décide de s'excuser auprès d'elle parce qu'il a pris conscience de plein de trucs qui ne se faisaient pas.

— Ouais, en fait nous on a toujours été féministes et c'était super important de faire un morceau qui change un peu les mentalités, ajoute Gary. Pour montrer que d'autres formes de masculinité peuvent exister, qu'on est pas coincés dans une vision hétéronormée et androcentrée des relations amoureuses, qu'on peut évoluer, réfléchir, s'excuser et apprendre de nos erreurs.

— C'est vachement beau ce que vous dites, s'extasie le présentateur radio, subjugué.

— Il faut vivre avec son temps, susurre Ellis crâneur.

— On va maintenant écouter un autre morceau que toi et Gary avaient sélectionné spécialement pour l'émission. Il s'agit d'un extrait de la bande originale qu'a composé

Jean-Claude Nachon pour un film érotique cultissime de Frédéric Lansac sorti en 1982. La B.O. vient tout juste d'être rééditée par Les Disques de Culte. Avec une su-per-be pochette réalisée par Erwann Terrier. Je conseille à tous les auditeurs de voir ou de revoir ce film génial qui raconte l'histoire d'un homme à l'appétit sexuel insatiable qui décide de créer un robot, sorte de femme-Frankenstein, pour obéir à tous ses fantasmes… Le film s'appelle *La Femme objet*. Je vous laisse tout de suite en écouter un extrait…

Sacré Ellis. Le frontman n'a pas changé. Cobra le connaît à peine. Mais Ellis était dans la classe de Pento de la sixième à la terminale et le pauvre boug a dû se farcir les caprices de la diva pendant des années. Cobra est forcé de constater qu'à l'âge adulte, Ellis est devenu Ellis, mais en pire… Il coupe le poste radio et se prépare à rejoindre l'épicerie.

Sur la devanture du Verger de Saint-Denis, les étals de nectarine hument bon l'été. Les grosses pêches gorgées de jus et de sucre s'offrent au regard des passants. Des mirabelles en pagaille se font dorer les joues dans des barquettes en plastique. Les avocats sont trop mûrs, presque marrons. Cobra salue le patron, passe ensuite devant les délis kurdes, vides à cette heure matinale, puis la Boucherie des Amis 100 % halal et les traiteurs chinois. Il arrive enfin devant l'Alimentation du Faubourg. Le magasin, bas de plafond, s'enfonce assez loin dans les profondeurs de l'immeuble, une sorte de long couloir recouvert de tapis de prière, de couscoussières, de brosses à chiotte, de toile cirée et de ventilateurs made in China.

Hugo fume une cigarette sur la chaussée. Les deux frères se lancent un regard mauvais. Le père, debout derrière la caisse, intime à Cobra d'aller étiqueter les arrivages dans la réserve. Abattu, il traverse le magasin, et s'attèle à la tâche sans grande volonté. Il colle mécaniquement les étiquettes sur les machines à café, les mixeurs Moulinex, les rasoirs électriques et les bouilloires jusqu'à 17 heures, puis s'échappe sans demander son reste. En partant, il profite de l'absence de son père pour glisser la main dans la caisse et dérober quelques billets.

Cobra en a sa claque de cette vie d'épicier. Il fait partie de ceux que Strasbourg – Saint-Denis a rendu fous, ceux pour qui ce quartier représente le terminus, rien de plus à espérer, une vie de crasseux dans un faubourg de misère, ou l'inverse. Il regarde de loin les cadres sup', les enfants d'artistes, les mannequins, graphistes et musiciens qui squattent les terrasses, sortent les liasses de billets et font le show, se contentant de grappiller par-ci par-là l'ersatz d'une vie mondaine qui ne sera jamais la sienne. Lui fait partie de la plèbe, des gens de rien, de ceux qui ne sont rien. Les fils d'immigrés condamnés à faire tourner le pays, la tête baissée, les épaules affaissées. Il est un *small timer*, comme disent les Ricains. Un gagne-petit. De la grande famille des livreurs Deliveroo, des caissiers et des guichetiers.

Cobra a toujours eu honte d'être le fils de l'épicier. Déjà à l'école, quand la maîtresse leur demandait d'écrire sur une feuille format A4 « que vous plierez en deux pour que je puisse bien voir depuis le bureau » la profession des parents, Cobra mentait et écrivait « réalisateur », pour faire comme French et Pento dont le père bossait pour Arte. Parce que c'est quand même plus classe de faire du cinéma que de vendre des serpillières par lot de deux. Et quand ils devaient noter ce qu'ils voudraient faire plus tard, Cobra griffonnait « artiste » sans trop y croire, désarçonné par sa propre audace. Artiste ça veut dire rappeur. Auteur-compositeur-interprète, pour être exact. Un nom que Cobra a toujours trouvé racé. Auteur-compositeur-interprète issu d'une famille de blédards. Cobra voit déjà les gros titres dans les journaux et la question des journalistes fielleux : « Comment vous est venue l'envie de faire de la musique ? » Lui, assuré : « J'ai toujours eu ça dans le sang. » Tu parles.

Dans la famille, le travail est une hygiène de vie. La subordination, une lapalissade. Amour secret de la sujétion qu'on transmet de père en fils chez les pauvres. L'Alimentation du Faubourg ne ferme jamais. Ni le dimanche, ni les jours fériés. Décharger les marchandises à 6 heures du matin, mettre en rayon, ranger, laver, polir. Une cendrillon de la transaction, le daron. « Va aider Monsieur Allali à porter son sac », sur un ton sec comme un coup de fouet. « Vous reprendrez bien une petite tranche de jambon, Madame Bernard ? », la gueule enfarinée. C'est à gerber. Ce commerce, c'est toute sa vie. Il y a investi toutes ses économies. Et par conséquent, c'est la leur, la sienne, celle d'Hugo et de Cobra, l'un adhérant avec zèle à ce fascisme protestant du travail, l'autre s'y conformant avec résignation pour acheter la paix des familles.

Cobra a écopé de cette situation la mort dans l'âme. Verdict social qui l'a condamné à cette existence misérable dont il ne sait comment se dépatouiller malgré un désir ardent d'en finir et un verbe éclatant. Fan de rap, obsédé textuel, des lyrics plein la gueule, un dégueuli de mots bien tassés qui font de lui, si jeune, un artiste prometteur sur la place de Paname, Cobra morcelle des textes complètement dingos dans les notes de son phonetél, punchlines en devenir qui s'accumulent et qui seront un jour entonnées dans des stades de foot pleins à craquer. Enfermé dans son ghetto intérieur, l'âme tangente, il frôle les murs de sa vie.

5.

Avant de retrouver Margaux au studio, Cobra fait un saut à la pharmacie, afin de récupérer une prescription pour son père. Une histoire de mal de dos qui ne fait qu'empirer au fil des années. Le pauvre, il est défoncé aux calmants. En sortant de l'officine, Cobra aperçoit Lola de l'autre côté de la rue, en train de faire le service Chez Jeannette.

Lola, c'est French qui l'a rencontrée il y a un peu moins d'un an, lors d'une rave en banlieue, dans un lieu crado sous le périf. Un endroit à la mode où les kids se retrouvent pour des orgies selon *Le Parisien.* On y passe de la musique gabber, des sonorités métalliques à base de boum boum et de punchlines claquées du type « escalope boursin » scandées par une voix sexy sur un tempo rapide de 180 BPM.

Lola, fraîchement débarquée de Marseille, queue-de-cheval haute, regard langoureux, traînait avec ses copines lesbiennes quand French l'a bousculée près du bar, renversant son verre de gin to' sur sa jupe en daim. Le ton est monté. La sono hurlait « escalope boursin. Nique l'escalope boursin ». French a fait mine de s'excuser mais le son doucereux de sa voix était couvert par la ligne dure de cette espèce de techno hardcore. Lola l'a gourmandé avec un laïus contre les mecs qui occupaient trop l'espace public. *Manspreading*, elle a dit. Sa copine Kendra acquiesçait. « Tous des enculés. » « À bas le patriarcat », a surenchéri Lola. Ça a interpellé French, qui lui a proposé une clope roulée pour se faire pardonner. Les kids ont sympathisé. Une semaine plus tard, Lola débarquait chez Jeannette pour son premier jour.

Cobra traverse la rue pour la tchatcher.

— Alors, ton entretien d'embauche, ça dit quoi ?

Lola fait la moue et jette son tablier sur son épaule, l'air désabusée, prenant une voix robotique : « On vous rappelle. » Le rêve de Lola est de devenir graphiste. C'est d'ailleurs pour ça qu'elle est montée à la capitale. Mais les opportunités sont rares à Paname et, jusqu'à présent, on ne lui a proposé que des plans payés en visibilité. Comprendre : travailler gratos pour espérer obtenir un retour sur investissement plus tard. L'arnaque. Alors, en attendant, Lola sert des Mojitos hors de prix, et le reste de son temps, elle le passe à dessiner. Elle est venue s'installer à Strasbourg – Saint-Denis parce que le quartier compte la plus grande concentration d'artistes au mètre carré de la ville. En plein cœur du triangle d'or reliant gare de l'Est, République et les Grands Boulevards, SSD regorge de studio de musique et de boîtes de prod'. Une sorte de paradis des musiciens, des réalisateurs, des graphistes, et des mecs de la télé. Les bureaux sont voisins. Les producteurs et les réal' font tout à pied. Et puis à 19 heures, quand ils sortent des bureaux du quartier, à l'heure de l'afterwork, ils s'entassent au Château d'Eau, au Mauri7 ou Chez Jeannette, des bars où on se fait des bises et on connecte. Là où Lola espère faire des rencontres et pourquoi pas un « réseau ».

— Pento n'est pas là ? Cobra ajoute, tout en jetant des regards obliques à un groupe de rock qui s'est installé en terrasse, à grand renfort de guenilles et d'étuis de guitare posés sur le trottoir.

— Il fait les comptes avec Olivier, indiquant du menton l'intérieur du bar où Pento est accoudé au comptoir devant une liasse de feuilles aux côtés d'un quarantenaire habillé comme dans une pub pour Ralph Lauren.

Cobra déshabille Olivier des yeux rapidos. Il a croisé cette espèce de Citizen Kane des temps modernes à plusieurs reprises dans le quartier, parfois seul, souvent avec son associé André, avec qui il a réhabilité plusieurs troquets. Olivier est un spécimen. Le genre d'anticonformiste que l'on ne produit plus. Un dandy XIXe en col lavallière et mocassins cirés, remixé à la sauce Philippe

Gildas, qui écoute Sébastien Tellier et adore les films de Coppola.

Il a délégué la gérance du bar à Pento il y a cinq ans. Mais il passe de temps à autre checker ce qu'il se passe, en mode inspecteur des travaux finis. Cobra le toise, jette un œil navré à Pento le nez dans la paperasserie. Le malheureux a l'air de passer un mauvais quart d'heure, lui qui souffre de phobie administrative, et que tout contrôle rend malade. Cobra se tourne vers Lola espiègle et lui glisse :

— Tu savais que Pento, même à un examen sanguin il a échoué ?

Lola pouffe de rire.

— Et toi, t'es pas à Aubervilliers ? elle lui dit.

Margaux et Lola se disent tout, c'est insupportable. Les deux chipies sont devenues besties en moins de temps qu'il ne faut pour le dire. C'est même la *petite fille du soleil* qui a réalisé le tatouage que Margaux a sur le poignet.

— J'y vais là, mais j'ai pas pu m'empêcher de passer au bureau, il répond en souriant. Je peux pas vivre sans vous, tu connais.

Pento sort sur le trottoir, fumer une cigarette, son bras plâtré couvert d'un énorme dessin de pénis au marqueur, cadeau de French. Cobra le rejoint et son visage s'adoucit. Un sourire s'esquisse sur ses lèvres.

— J'en reviens pas que Margaux sorte avec ce mec, il dit, une clope vissée entre les dents, ressassant l'épisode de la veille.

Il repense à son arrivée en scooter. À son corps souple et à son allure de reine. Rien que son parfum, ça l'a dévasté. Fruité, estival, engageant, sexy mais sans en faire des caisses. Pento était en manque de Ventoline quand elle l'a frôlé.

En rentrant ce soir-là, le *dragueur des supermarchés* a pleuré tout son soûl. *Allô maman bobo*. Quand il la voit, ses yeux clignotent des « je t'aime » comme les devantures des Pakistanais où on peut acheter des cartes SIM et faire des impressions avec les néons rouges et bleus « Ouvert ».

— C'est nul d'être amoureux, il dit en écrasant son mégot du pied. La vie de ma mère c'est surcoté.

— Arrête tes singeries, le rembarre Cobra mort de rire.

— Sois digne, le remonte Lola en partant vider les poubelles.

Pento est un sacré numéro, se dit Cobra en rentrant chez lui déposer les médocs pour son père. Cinq ans qu'il bosse chez Jeannette pour payer les GoPros, le shit et son loyer. Cinq ans qu'il végète. Le mec est totalement velléitaire. Même le skate, il a commencé parce qu'on lui avait dit que ça restait le meilleur moyen de serrer des filles. Olivier l'a recruté un peu par désœuvrement, beaucoup parce qu'il se fondait déjà dans le décor.

Cobra laisse un post-it sur la porte du frigo : « J'ai mis les cachets dans la boîte. Je rentrerai tard. Ne m'attendez pas pour manger. » Il attrape un Kinder Bueno dans le placard, et un Candy'Up goût vanille dans le frigo. French n'arrête pas de le tailler pour son goût des boissons lactées qu'on tète à la paille. Puis il sort de l'appart', en prenant soin de bien faire tourner la clé. En dévalant les escaliers, il repense aux clowneries de Pento. Mike Brant aime bien se plaindre, mais il y a pire que de taffer chez Jeannette. Au fil des années, le bar est devenu une institution dans le quartier. En plus, Pento y croise des meufs super belles, siffle un coup de temps à autre et décide un peu de ses horaires comme ça lui chante.

Pendant qu'il s'achemine vers la station de métro, Cobra gamberge. L'enfant des rues a grandi parmi les prostituées africaines et les mecs qui s'enfuient par les toits, les descentes de flics et les bastons en règles, et il se dit que la rue a sacrément muté en dix ans. Grignotée morceau par morceau, grâce aux bas prix des loyers. Cobra se rappelle, en passant devant les maîtres kebabiers du bas de la rue, les artisans soupiers de père en fils, Galettes-durum-grillade-couscous, qu'on a fermé des boutiques, ouvert des fromagers, dégagé ceux qui ne pouvaient plus payer le loyer et transformé les apparts en bureaux. L'atmosphère s'est hybridée, moitié blédards, moitié branchés. L'ouverture de Chez Jeannette dans ce repère de zonards ne s'est pas faite sans heurts ni sans fracas. L'irruption d'un corps étranger dans un organisme vicié s'est accompagnée de mois de fièvre et d'inflammation. « C'est qui ceux-là ? » Sur toutes les lèvres, on pouvait lire le mot « gentrification ».

Parvenu près de la bouche de métro, à quelques pas des prostitués chinoises en faction, Cobra lève la tête et s'arrête un instant. Depuis ses hauteurs, l'arc de triomphe de la porte Saint-Denis se dresse devant lui, majestueux. Noirci par les ans, crade et usé comme le reste du quartier, il reste lui intacte, inaltéré. Ludovico Magno, le saint patron du quartier, observe, la progression de cette conversion à marche forcée. Cobra s'imprègne quelques minutes de la stature et de la noblesse de cet Arc de triomphe low-cost. Il se gorge de l'énergie chaotique qui flotte dans l'air. Puis il reprend ses esprits et se hâte de s'engouffrer dans les souterrains.

6.

Margaux est dans son studio sous les combles en train de bidouiller sur une version craquée d'Ableton, le logiciel de production musicale, lorsqu'Alex lui envoie un texto laconique : « Je suis en bas, tu m'ouvres ? ». L'après-midi est déjà avancée et les persiennes ouvertes laissent entendre le chant des oiseaux. Des piaillements ponctués du cri des enfants du centre aéré tout proche. Une sonnerie de cour de récréation retentit. Sous le préau, les enfants jouent à la marelle ou au chat. Depuis son poste d'observation, Margaux peut apercevoir un groupe de petits garçons traficotant des cartes Pokémon à l'abri des surveillants. Margaux tapote sur les touches de son téléphone « vas-y, je t'ouvre », appuie sur le bouton de l'interphone près de l'entrée avant de balayer du regard l'unique pièce à vivre.

Cela fait quelques mois déjà qu'ils se fréquentent. Margaux a croisé Alex à une soirée à Pantin dans un de ces lieux à la mode où sévissent les collectifs d'artistes et où se réunissent les jeunes branchés. Elle venait de jouer quelques morceaux, quand Alex lui a tapé sur l'épaule. Grand, brun, le type frimeur, qui ne doute de rien. Margaux a tout de suite flairé l'animal. Il l'a félicitée pour sa prestation puis s'est empressé d'ajouter qu'il était booker et qu'il cherchait de jeunes artistes à représenter, déblatérant tout un laïus sur le manque de femmes dans la scène électro. « Parce que tu comprends moi j'essaie de défendre une vision super féministe de la musique. Des meufs comme toi y en a pas assez. » Margaux a acquiescé par politesse, articulant des formules convenues que l'on récite dans ces cas-là, puis a bredouillé qu'on l'attendait dehors, prenant ainsi la tangente sans se faire prier.

Quelques jours plus tard, Alex lui a envoyé un DM. Il proposait de se revoir, expliquant qu'il avait été charmé par sa présence magnétique, qu'il avait repensé à elle et que, quand même, « ça serait bien qu'on se recroise pour parler de tout ça calmement ». Margaux a hésité, prise en étau entre l'opportunité professionnelle qui s'offrait à elle et le fait que clairement ce mec la fatiguait. Puis, la curiosité et l'opportunisme ont pris le pas et elle a proposé Chez Jeannette un jeudi soir, histoire d'arriver en terrain conquis. Et c'est comme ça qu'ils se sont retrouvés à discuter le bout de gras un soir de mai. Alex a le bagout des Parisiens nés. Ceux qui arpentent les routes de macadam en Vespa, ont toujours un copain à saluer, partent en Corse l'été, à Biarritz au printemps, à Deauville en hiver, sont partout chez eux et tout le temps avenants. Il l'a tout de suite éblouie par sa connaissance de la culture club, donnant du tu à Laurent Garnier et du je à tout bout de champ. Face à son air affable et brillant, Margaux, d'ordinaire si méfiante, a baissé la garde. La nuit est tombée ce soir-là à mesure que le bar se vidait. Très vite, ils se sont retrouvés seuls sur le trottoir, tandis que Pento remballait les chaises et passait le balai, avec le regard stupéfait de celui qui se fait voler son crush.

Margaux et Alex sont devenus amants comme cela arrive souvent, sans le prévoir, par irruption. Les balades en Vespa au clair de lune dans la rosée du matin ont fini de lui donner le *cœur grenadine*. Lui *se prenant pour Ben Hur en conduisant d'une main*. Margaux a croqué dans la pomme. En moins de temps qu'il faut pour le dire, elle est tombée pour lui.

Mais déjà quelque chose cloche. Les baisers sont tendres et les caresses délassantes. Le désir bien présent. Pourtant, lui se veut distant dès qu'elle avance d'un pas. Plus elle baisse la garde, plus lui remonte le pont-levis, avec une once de raideur qui chaque fois la désarçonne un peu plus. Aux promesses de la booker sur des gros festivals se substituent des « on verra » polis, puis des silences encore plus éloquents, des textos retardés, des réponses qui n'arrivent pas, une forme de mépris diffuse.

La vague sensation qu'il la prend pour une conne. Margaux s'attache pourtant et continue à le laisser venir à elle comme ce jour de la fin août où il se dresse dans le chambranle de la porte et qu'il demande « tu me laisses entrer ? », un casque de moto à la main.

Trente minutes plus tard, ils se tiennent debout devant le vasistas, elle face au mur, lui tout contre elle, soufflant pendant qu'il la prend violemment. Sur la table basse, traînent deux verres à moitié vides de vin rouge, un cendrier plein de mégots, ainsi que des livres d'art négligemment disposés. Une cigarette finit de se consumer dans le cendrier.

— Il m'a dit qu'il était intéressé mais qu'il me rappellerait… Pour la soirée de vendredi… C'était un ami de Nico…, dit Margaux, le souffle saccadé.

Elle a un corps musclé et une peau de pêche. Ses cheveux longs et blonds inondent des épaules fines. Sur son poignet est tatoué les mots « *Sorry dad* ». Sa culotte en coton est descendue aux chevilles. Alex lui met la main devant la bouche. Margaux poursuit :

— Tu crois qu'il va me rappeler ? Parce qu'avec Nico, on sait jamais. J'ai une copine DJ qui a eu plein de galères avec lui…

Le caleçon et le pantalon à peine tombés aux chevilles, Alex l'embrasse dans le cou, sur le haut des épaules et relève ses cheveux, glissant sa langue le long du lobe de son oreille pendant que Margaux essaye de lui parler de ses galères de DJ.

— L'année dernière ils m'avaient déjà fait un plan pour le festival à la Villette, continue Margaux haletante.

Alex lui agrippe la poitrine violemment. Margaux se retourne vers lui et lui lance « tu m'écoutes ? » Il grogne.

— Et donc pour samedi, c'est chaud pour jouer au Batofar…

Alex accélère ses mouvements, lui attrapant les cheveux et les tirent en arrière. Margaux se cambre et gémit faiblement. Alex accélère encore les va-et-vient de ses reins. Son pubis tape contre les fesses de Margaux, de plus en plus vite, puis Alex est saisi d'un spasme. Il vient en elle dans un geste d'abandon puissant. Alex pousse un cri puis relâche son étreinte et pose un instant sa joue contre son épaule, comme lessivé par l'effort.

À l'extérieur, la clameur des enfants se poursuit. La rumeur d'une chanson de centre aéré leur parvient, étouffée, « Agadou dou dou, pousse l'ananas et mouds l'café. Agadou dou dou, pousse l'ananas et mouds l'café. Tape la pomme, tape la poire… ». Alex se tient toujours derrière Margaux. Il caresse son dos, promène son doigt le long de sa colonne vertébrale et inspire l'air doux dégagé par son corps. Elle tourne la tête. Il l'embrasse sensuellement et lui dit, comme revenu à ses esprits :

— Écoute, pour tes histoires de booking, je te l'ai déjà dit cent fois, il faut que tu sortes des sons. Sinon ça ne marchera pas. Moi, je peux pas te vendre auprès des programmateurs si t'as pas une actualité, un truc à montrer.

Puis il se recule, relève son caleçon et part se repoudrer le nez dans la petite salle d'eau. Margaux remet sa culotte et reste devant la fenêtre sans mot dire. À travers la fenêtre, elle observe le ciel bleu dégagé. Il fait chaud. Elle se tourne vers Alex qui est sorti de la salle de bain, saisissant son casque de moto près de l'entrée. Il s'apprête à partir.

— Tu t'en vas déjà ? elle demande d'une petite voix.

— Ouais, faut que j'aille déposer mon scoot au garage.

— On s'appelle ? demande plaintivement Margaux, un peu saoulée par l'importance qu'Alex accorde à sa Vespa.

— JE t'appelle, répond Alex.

Il s'approche, lui colle un baiser paternel sur le front et s'en va. Le claquement de la porte fait s'envoler l'immense affiche du film *Phantom of the Paradise*, punaisée à la porte, qui retombe doucement se plaquer à la surface de bois.

Margaux reste quelques instants figée, pensive. Alex a raison. Il faut qu'elle se mette à la prod'. Des DJ, il y en a plein. La concurrence est rude. Sans un morceau produit en studio à faire écouter qui imprimera sa marque, elle n'a aucune chance. Mais c'est une galère sans nom pour elle qui aime plus jouer dans les clubs que composer des morceaux. La proposition de Cobra tombe à point nommé. À deux, ils sont capables de préparer du sale. Bonjour le futur c'est nous. On arrive. Margaux attrape une cigarette dans le paquet qui traîne sur la table basse et l'allume. Dix minutes plus tard, elle dévale les escaliers pour le rejoindre.

7.

Traumatisé par son échange avec Mélodie, l'A&R de Def Jam, Cobra s'est résolu à tester un de ces studios à la mode d'Aubervilliers où se pressent les rappeurs en vue. Histoire de se brancher sur la prod', de manipuler la console et, pourquoi pas, de poser quelques verses. Il a proposé à Margaux de l'accompagner, prétextant que ce serait bien qu'ils prennent leurs marques. En vérité, Cobra est mort de trouille. Syndrome de l'imposteur dans toute sa splendeur, il craint de se faire rembarrer une fois parvenu dans la cour des grands. En attendant Margaux, Gavroche tremble. Elle seule lui donnera bonne contenance. Son sourire désarçonnant a le don d'aplatir toutes les rides et d'apaiser les plus récalcitrants. D'ailleurs, ce n'est pas la première fois que cette princesse des platines lui sauve la mise. Avec Margaux, ils ont un sacré passif. Déjà au collège, elle couvrait ses absences en signant à sa place sur la fiche de présence.

Cobra fait le pied de grue devant le studio depuis vingt minutes, fumant cigarettes sur cigarettes pour calmer ses angoisses, quand Margaux débarque. Ils se font un check rapide et s'engagent dans le local. Cobra a noté à la va-vite le code de l'immeuble qu'il compose tremblant. À l'entrée, un type derrière un guichet lève les yeux de son téléphone portable. Il les jauge puis leur demande de montrer leur carte d'identité et de remplir un registre. En jetant un œil à celle de Cobra, il éclate de rire :

— Enzo ? C'est ça le futur du rap ?

Cobra rougit. Il a honte de son blase et ne sait pas où se mettre. Margaux dévisage le mec et enjoint à son pote de ne pas le calculer. Les deux mômes apposent leur signature en bas du matricule et poussent une imposante porte en bois.

C'est la première fois qu'ils entrent dans un gros studio, avec une console, une cabine, un vrai micro. Le spot ressemble au cockpit d'un avion avec des boutons partout et un tableau de bord ultra-compliqué. Cobra n'en mène pas large. Et pourtant, c'est son rêve d'être en studio, lui qui a regardé mille vidéos sur YouTube en se disant « je veux trop faire ça… » À l'intérieur, un groupe de grands types noirs d'une quarantaine d'années est confortablement installé devant la console de mixage. Cobra bredouille :

— On a loué le studio pour 18 heures.

Le posse rigole. Le plus grand, 1,90 mètre au bas mot, passe un joint à son acolyte, un type massif, les cheveux tressés, derrière la console.

— Tranquille petit, on a bientôt fini.

Il fait signe à travers la vitre à la soliste, une Jamaïcaine sublime, le visage encadré par de fines tresses, striées de fausses mèches châtains et illuminé par des yeux bleus sidérants. Elle rit de bon cœur avec le guitariste. Le grand type lance hilare dans le micro :

— Manu, arrête d'allumer Mareva.

Puis, en direction de la fille :

— On en fait une petite dernière ?

Près de la console, un jeune producteur toise Cobra goguenard. Cobra déglutit. Le type en question cumule les certifs'. Disque d'or, disque de platine, disque de diamant, les récompenses s'amoncellent dans son palmarès. Swann n'a même pas trente ans mais il est déjà une légende de la prod' dans le monde du rap français. Pourtant, il ne paye pas de mine avec ses cheveux décolorés, son hoodie gris et ses grosses pompes Nike. À une époque où tout le monde se rêve DJ ou musicien, les apprentis arrangeurs se tirent à la courte paille. Mais derrière cet air insignifiant et cette allure négligée se cache un beatmaker de génie. Courtisé par les stars de la pop, des chansonnières de dix-neuf ans qui hurlent dans des stades qu'elles ont tout oublié ou des princesses du R&B qui rêvent de moula, Swann est le king de la scène.

Cobra donne un coup de coude à Margaux qui lui jette un regard entendu. Elle s'avance vers lui et le salue avec connivence :

— Chanmé l'album de Lala ! T'as fait un taff de malade.

Swann dévoile des canines pointues et des fossettes à se damner.

— T'es Margaux, c'est ça ?

La *groupie du pianiste* heureuse d'être reconnue par un puriste, lui répond « oui » d'une petite voix minaudante.

Le grand type qui dirige la bande s'impatiente :

— Quand vous aurez fini de faire les présentations, on pourra s'y remettre ?

Cobra regarde la scène médusé, jaloux de l'aisance que démontre Margaux en toutes circonstances, tétanisé de passer après un beatmaker si talentueux, se demandant, au fond, ce qu'il fout là. Swann, en régie, fait signe à Mareva dans la cabine que c'est prêt d'un pouce en l'air puis le grand type murmure dans le micro : « Ça part. » Une mélodie dancehall résonne dans le studio, bientôt couverte à la trente-deuxième mesure par la voix soul chaude et grisante de Mareva qui entonne une chanson en anglais. L'assemblée se tient coite, en extase devant la beauté de sa voix. Le gros type assis derrière la console oublie de cendrer le joint qu'il tient à la main, dont le charbon se répand sur l'épais tapis rouge et molletonneux qui couvre le sol du studio. Plusieurs minutes s'écoulent sans que personne n'ose même bouger. Mareva enchaîne, faisant la moue l'air hésitante. Le type lui sourit en guise d'encouragement. Un beat groovy ponctue la rengaine. Des instrus chiadées dont seul Swann a le secret. Le résultat d'heures enfermées dans sa piaule à l'adolescence à se buter à des millions de morceaux téléchargés illégalement sur MegaUpload. Swann s'est fait sa culture comme ça, en passant du baile funk à de la trance hollandaise, ingurgitant des millions de références musicales dans la banque de données qu'est sa tête. Swann est un kid de l'an 2000. Un musicien hybride. Mi-humain mi-disque dur. C'est grâce à cette culture infinie qu'il produit des morceaux aussi travaillés. Et que tous les artistes en vue le courtisent et se l'arrachent, pense Margaux rêveuse tandis que Mareva chante le dernier couplet. Blondie est en extase. Elle se dit qu'il faut absolument que Swann lui apprenne. Avec lui, elle pourrait tirer à balles réelles : produire des *bangers*, de bons gros tubes qui vous font secouer la tête. La mélodie s'arrête, laissant l'assistance pantoise. Puis le gros type lâche une blague et un rire communicatif secoue l'auditoire. Le chef de la bande fait un signe à Mareva, collant son index contre son majeur en guise de validation. Il s'écrie « c'est dans la boîte ! »

Le crew remballe ses affaires tranquillement tandis que Cobra se tient debout dans l'entrebâillement, haletant, comme pétrifié. En quittant les lieux, les musiciens le saluent d'un check et s'engouffrent hors du studio. Cobra et Margaux restent seuls avec Swann qui range tranquillement son matos.

— Tu fais une date bientôt ? lance-t-il à Margaux.

— Normalement ouais. J'aimerais bien jouer à la Concrete.

Si Alex m'arrange le coup, elle pense, à part.

— J'avoue ça serait chanmé. C'est un peu *the place to be* en ce moment.

Pendant que Swann enroule des câbles, Cobra s'avance dans le studio, parcourant les lieux du regard, prenant le contrôle de l'espace, le faisant progressivement sien.

— Si vous avez besoin de tips, n'hésitez pas, ajoute Swann en direction de Margaux. Tu me suis sur Insta ?

Puis il quitte les lieux, un énorme sac The North Face sur le dos.

Laissés face à la tâche gigantesque qui les attend, Cobra et Margaux se regardent hésitants. Puis Margaux lance guillerette :

— On y go ?

Cobra, détendu par la saillie de son amie, soupire et s'engage indécis en direction de la régie.

L'illégitimité est un sentiment tenace qui vous pousse dans la gorge comme une tumeur. Au début ce n'est qu'une gêne, un tressaillement, à peine perceptible. De la jalousie devant ceux qui réussissent. L'envie d'en être. Et cette éternelle question : « Pourquoi pas moi ? » Puis la sensation laisse place à une protubérance. Excroissance maladive de vos faiblesses, l'illégitimité d'abord vibration devient l'écho de vos peines. « Tu n'y arriveras jamais. Tu n'as pas ce qu'il faut. Tu n'es pas *qui* il faut. » Tapie dans les ténèbres de votre cœur, elle s'abreuve de tout ce qui vous rend flou, vous atténue, vous amoindrie. À croire qu'elle y prend un certain plaisir. Puis l'illégitimité grossit. Elle se transforme en paralysie. C'est le triomphe du non, de la fuite, du déni. Et le début de la fin. Car l'illégitimité est un sentiment qui métastase. Qui gagne bientôt tout le corps, se propage dans l'organisme et vous tue, tel un cancer, à petit feu. Cobra connaît bien cela, lui qui vit à cet instant précis une rechute.

La rencontre fortuite avec Swann l'a renvoyé dans les filets de son âme. Le jeune producteur est tout ce qu'il rêve d'être et ne sera jamais. Un privilégié appartenant au sérail. Bref, tout ce que Cobra convoite. Lui sait que c'est quitte ou double. Si son projet échoue, ce sera retour à la case départ, vous ne touchez pas les deux cent mille francs. « Et vous reprendrez bien un peu de semoules Madame Bouazizi ? » Aussi cette rencontre importune lui expédie dans les dents l'éventail complet de ses inquiétudes.

Cobra a commencé à écrire peu de temps après la mort de la mère. Quand il était au collège. Un remède thérapeutique encouragé par sa prof de français, Madame Cherkaoui. « Pour faire sortir ce qui a besoin de sortir », elle lui avait dit gentiment. À la réunion parents-profs, elle avait expliqué au daron que Cobra en avait besoin pour faire le travail du deuil. Catharsis, elle avait dit. Traumatisme. Sublimation de la souffrance et de la haine. Le daron avait écouté ce charabia jargonneux sans comprendre où elle voulait en venir. Quelques jours plus tard, il avait acheté un paquet de feutres et une ramette de feuilles A4 qu'il avait déposés sur son bureau et avait marmonné, parfaitement mal à l'aise : « c'est pour la thérapie ». Puis il était retourné à sa compta dans le salon, devant une émission de Nagui. Fin de l'histoire. Jamais plus ils n'en avaient reparlé. Cobra était resté assis devant les marqueurs et le papier, suspendu, amer. Le déclic, à vrai dire, il l'avait eu plus tard.

Un soir, à treize, quatorze ans, Cobra était dans sa chambre en train d'écouter la radio tout en faisant ses devoirs. Il terminait un exercice de maths quand il avait entendu un morceau de rap. Un truc ricain. *A Tribe Called Quest*. Un courant électrique avait parcouru son échine. Il s'était redressé, l'oreille à l'affût. *Can I kick it ? Yes we can. Can I kick it ? Yes we can !* La splendeur du sample de Lou Reed, la mélopée tapageuse des lyrics entonnées par Phife Dawg, les prods inouïes de Bob Power, le chœur harmonieux… Cobra avait marqué un temps d'arrêt. Ému aux larmes. Il avait rangé son cahier et fermé les yeux, inspirant et expirant au rythme de la mélodie.

Après ça, Cobra était devenu plus studieux. Il s'était mis à enregistrer les émissions de radio sur des cassettes. Avec la découverte du rap, c'était tout un monde qui s'ouvrait à lui. Un espace où il se sentait soudain à sa place. Il avait saigné les maquettes, potassé les crédits, traîné à la FNAC des Halles pendant des heures, accroché aux casques d'écoute en libre-service, et volé quelques disques. Et plus il prenait de l'assurance, plus il se mettait à se dire « moi aussi ». « Moi aussi je veux faire ça. » Tout ça pour impressionner les filles de sa classe. Qu'elles se disent « putain Enzo il fait de la musique… » Un jour, Clara, la plus belle fille de la quatrième B, avait mis un commentaire sous un des morceaux qu'il avait posté en ligne, ce qui lui avait soudainement donné une stupéfiante confiance en lui. Le lendemain matin, aux aurores, Cobra faisait le pied de grue devant Darty pour acheter sa première carte son.

Le rap était alors à son apogée. Dans une *France qui dansait la chenille*, ce genre musical des cités popularisé par Skyrock dans les années 1990 progressait à pas de géant. Fini le rap de banlieues pour enfants d'immigrés. Grâce aux radios et aux chaînes de clips en continu, la culture hip-hop se déversait auprès des lycéens du millénaire, *targettant* avec succès les jeunes gens bien sous tout rapport de la classe moyenne et des beaux quartiers. Mouvement des terrains vagues de Stalingrad et la Chapelle devenu complètement mainstream, le rap ravalait ses prétentions insurrectionnelles et tombait même dans la soupe pop *cheesy*.

Le roulement de l'industrie de la musique était tel que toutes les semaines étaient propulsés de nouveaux mecs-concepts sur le devant de la scène parisienne, dans une cadence infernale qui n'était pas sans rappeler la marche au pas des travailleurs esclavagisés du *Métropolis* de Fritz Lang. Impossible, dans ces conditions, d'entendre tout ce qui sortait, de connaître tous ces néo-chansonniers *indés* catapultés dans les charts, qui réalisaient un ou deux albums, passaient en boucle à la radio pendant six mois, remportaient des Victoires de la musique s'ils étaient chanceux, faisaient des télés, parfois la couv' de *Télérama* et sombraient dans les limbes de la mémoire collective cinq ans plus tard.

C'était d'ailleurs le pire cauchemar de Cobra : n'être « que ça », un chanteur *du moment*. Sa place, il était prêt à aller la chercher avec les crocs s'il le fallait.

8.

En rentrant d'Aubervilliers, Cobra abandonne Margaux à la station de métro et attrape une trottinette électrique. Il a besoin de prendre l'air. Cette visite au studio l'a lessivé. Ce ne sera jamais pour lui. Il ne comprend rien. Il n'y arrive pas. Cobra a la haine. Il enfonce ses écouteurs dans les oreilles, le son au maximum, le tympan prêt à exploser et lance l'engin dans la nuit. Il écoute sa playlist « Concurrence », celle qui recense tous les morceaux de rappeurs que Cobra aimerait bien mettre au tapis.

Porte de la Villette, Riquet, Crimée, Stalingrad, Cobra égrène les stations comme un chapelet, slalomant entre les voitures, le dos droit, la casquette vissée sur la tête. La trottinette glisse sur l'asphalte en une valse d'automate. Le ballet gracieux de la mécanisation moderne. Dans son for intérieur effleurent le dépit et la frustration. Cobra a le seum.

Dans le salon, son père est à son poste devant l'écran cathodique. Il rit comme une baleine devant une émission talk-show à grande audience, plongeant la main dans un sachet de chips qu'il s'enfile tout en émettant des bruits de bouche abjects. Cobra marmonne « salut, ça va ? ». Le père, ne quittant pas la télévision des yeux, répond « il y a du feijao dans la cuisine si tu as faim ». Puis il saisit la télécommande et augmente le son du téléviseur. On entend le célèbre présentateur, connu pour ses smokings aux cols satinés, ses chemises noires et son regard de loup, interroger un jeune rappeur en vue. Sûr de lui, il lui demande :

— Vous avez grandi à Sarcelles, dans une cité. À l'âge de douze ans, vous êtes pris en train de vendre du shit. À quatorze ans, vous êtes déscolarisé. Vous avez indiqué dans une interview que vous étiez musulman, enfant d'immigrés algériens. Pour tous les spectateurs qui nous regardent, pouvez-vous regarder la caméra et dire franchement « je dénonce le terrorisme » ?

Cobra déglutit et file dans la cuisine. Il soulève le couvercle de la casserole et a un mouvement de recul incontrôlé. Dans le récipient trône une bouillie infâme de riz et de haricots, le seul plat que le daron sait cuisiner. Une spécialité portugaise qu'il assaisonne de viande séchée, d'ail, et d'oignon. Une recette que Cobra a gobée matin, midi et soir pendant des années depuis la mort de sa mère. Il s'en sert une assiette à contrecœur, s'installe à l'autre bout du canapé et mange en silence tandis que le présentateur fait maintenant des blagues sur le soutien-gorge d'une actrice invitée sur le plateau. Le daron rie en claquant la paume de ses mains contre ses cuisses. Cobra n'y prête guère attention, trop occupé à rembobiner ce qui s'est passé plus tôt dans l'après-midi. L'arrivée au studio, Swann, son sourire carnassier, Mareva, la cabine d'enregistrement, les milliers de boutons de la console auxquels Cobra ne comprend rien, la voix qui ne vient pas, comme bloquée dans la gorge, ses excuses bredouillées des larmes dans la voix, les propos encourageants de Margaux qui lui dit que la prochaine fois ça ira mieux, qu'il faut qu'il s'habitue. Swann revenant dans le studio parce qu'il a oublié son câble HDMI sous la console de mixage, surprenant Cobra en train de kicker. Ses encouragements que Cobra ne sait pas classer, entre la sincérité et l'ironie. L'obligation de se dépêcher de finir parce que quelqu'un attend pour prendre sa place en cabine. La frustration. Le dépit. Les deux cents euros claqués pour rien ce jour-là. Pour comprendre qu'il est un *loser* et que *loser* il restera.

Un bruit de clés se fait entendre dans l'entrée. La porte blindée claque. Hugo se tient dans l'entrebâillement du salon, les vêtements souillés, un T-shirt Adidas râpé, taché de sang au niveau du col et un vieux short à trois bandes noirci, les crampons pleins de terre. Il a les cheveux collés au front par la sueur. Il murmure « 'lut » et pose l'énorme sac de sport qu'il porte à bout de bras avec fracas. Sans un regard pour Cobra, il ôte ses chaussures et file sous la douche. Hugo rentre de sa séance de foot hebdomadaire. Il se sert une rasade de feijao et vient s'installer devant la télé, face à eux dans le canapé en cuir qui fait l'angle. Il avale le ragoût avec une grosse cuillère, mâchonnant les yeux dans le vague. Cobra a fini de manger. Il se lève et se dirige vers la cuisine.

Depuis la pièce d'à côté, il entend le présentateur télé travailler le rappeur au corps.

— Vous venez nous parler de votre nouvel album « Bsahtek », j'espère que je n'écorche pas le nom. Je ne parle pas l'arabe (rires). Vous ne croyez pas qu'il serait temps que les gens de banlieues se mettent à parler français ?

Cobra ne réagit même plus à ce type de provocation. Les médias ne comprennent rien au rap. Il finit de faire la vaisselle quand Hugo, surgi de nulle part, se poste contre lui.

— Je sais ce que t'as fait, il lui assène.

Cobra essaye de s'en aller mais Hugo lui saisit le bras. Cobra laisse tomber le torchon à terre sous le coup de la surprise.

— Qu'est-ce que tu fais ? Lâche-moi, tu me fais mal, lui répond-il à moitié rigolard.

Il tente de le repousser mais Hugo lui fait une clé de bras, bloquant le tunnel carpien dans son dos.

— Tu vas le payer, réplique Hugo agressif, tenant toujours plus serré le bras de Cobra qui commence à sentir monter des décharges douloureuses dans ses terminaisons nerveuses.

Il se débat maintenant et essaie de donner des coups de pied vers l'arrière, s'achevant dans le vide.

— Mais putain Hugo, arrête merde, il gémit. C'est pas marrant, lâche-moi.

Hugo maintient encore son emprise quelques instants puis la relâche, donne un coup dans le dos de Cobra qui vient s'encastrer dans l'armoire de la cuisine. Cobra se tourne vers lui, le regard empli de peur, se frotte le bras qui a heurté le placard et qui est tout endolori, puis déguerpit à toute vitesse.

Il ferme la porte de sa chambre et colle son dos un instant à la paroi. Son bras l'élance et il lui faut un moment pour reprendre ses esprits. Hugo a dû le voir piquer dans la caisse. Cobra n'a pas d'autre explication. Il va le balancer au daron et ça fera toute une histoire. À moins que son frère ne le fasse chanter. Il en est tout à fait capable. Cobra réfléchit à toute allure, la poitrine tambourinante. Un claquement de porte le fait tressaillir.

Hugo est certainement dans sa chambre. Ni une, ni deux, Cobra se redresse. Il fonce vers son armoire, saisit un sac de sport qui traîne et y fourre des affaires en vrac, son ordinateur, un jean, une brosse à dents, sa casquette.

Puis il ouvre précautionneusement la porte de sa chambre, jette un œil à gauche puis à droite. Il s'introduit dans le couloir qu'il longe clandestinement. Dans le salon, son père dort devant les publicités. Cobra ferme la porte sans un bruit. Dans l'air doux de la nuit, il s'arrête un instant dehors, hésitant entre aller chez French ou passer voir Margaux. Puis il décide finalement de se poser Chez Jeannette le temps de reprendre ses esprits.

9.

22 heures, Chez Jeannette. La soirée bat son plein. Le bar fait office de point de ralliement des brigades interlopes du monde de la nuit. Cobra débarque au milieu d'une débauche de cheveux décolorés et de robes lamées, de jeans bruts serrés, de baskets futuristes et de godillots anglais. Il traverse la terrasse et entre dans le bar, son gros sac sur l'épaule. Ses yeux fondent sur Pento et un sourire lui dévore le visage. Pento est débordé derrière le comptoir, à prendre les commandes et servir les consos. Lola n'est pas là. Une rave en banlieue organisée par son collectif « Qui s'y frotte, cyprine ». Tous les serveurs de Chez Jeannette semblent sortis d'une chronique d'Alain Pacadis. Ils portent les cheveux longs et des T-shirts à l'effigie de groupes de rock obscurs. Marco, un copain de skate qui officie comme batteur dans un groupe de rock indé à ses heures perdues – *Utopies*, ça s'appelle –, a pris le relais. Il est venu prêter main-forte en extra pour la soirée.

Cobra parvenu jusqu'à Pento lui demande s'il peut poser son sac quelque part. De son bras fraîchement déplâtré, le barman lui indique les vestiaires. Cobra paraît soulagé. Il s'achemine à travers la foule compacte jusqu'au cagibi en arrière-salle. Pento le suit des yeux quand il est surpris par une grande tape dans le dos d'un copain qui a forcé sur la bière et se lance désormais dans un grand show à base de « je connais le patron ». « Pento ! », hurle son pote complètement torché. Il passe la main sur son crâne rasé et lâche goguenard « on est bien peigné aujourd'hui ! ».

French traîne dans les parages. Il a réussi à brancher une meuf à qui il offre des verres de blanc et compte fleurette dans un coin reculé du troquet. Cobra est allé se foutre à un bout de table. Il est agité et aimerait bien parler à l'un d'entre eux, mais Pento est trop occupé à servir des Spritz à des filles bourrées qui n'en ont que pour cette boisson orange insipide. Tandis que French inspecte les profondeurs gutturales de la jeune femme.

Aussi Cobra plonge les yeux dans sa pinte de bière, diluant sa peine dans les effluves du houblon. À quelques mètres de là se tient Ellis, le *lead singer* du groupe Diva. Les cheveux coupés court, les yeux maquillés, il porte un T-shirt au logo de son groupe sous un blazer en velours bleu pétrole chiné et des bottes en peau de serpent hors de prix.

Cela fait cinq ans que Diva n'a rien sorti. Après une tournée rock'n'roll pour leur deuxième album, ponctuée par des embrouilles à n'en plus finir, le groupe s'est désagrégé et chacun a repris sa route, le batteur pour figurer dans des films d'art et essai, le chanteur pour finir son cursus à Sciences Po et le guitariste pour vivre une expérience mystique au Népal. Mais l'argent a commencé à manquer et, lorsque la maison de disques les a appelés pour leur proposer un troisième album studio, personne n'a dit non. Ce soir-là, chez Jeannette, le groupe parade. Les filles se jettent à leurs pieds. Sur toute la terrasse, on murmure son nom. « Ellis ».

Cobra l'observe de loin, jalousant sa tenue, sa décontraction, la désinvolture travaillée avec laquelle il se tient là, l'air de rien. Puis il passe en revue ses propres ratés : des rendez-vous avec des maisons de disques qui ne donnent rien, des maquettes à ne plus savoir qu'en faire, l'impression de rester sur le banc pendant que le match se joue sans lui, observant impuissant le succès de mecs comme Ellis. N'y tenant plus, Cobra se lève et va l'accoster. Son cœur bat comme s'il allait exploser. Il lui touche l'épaule puis murmure vite aspirant presque les mots :

— Ellis, excuse-moi de te déranger. On était à Louise Michel ensemble. Je suis un pote de Pento et French, je sais pas si tu te souviens de moi…, il dit les yeux brillants. J'ai écouté ton nouveau single à la radio ce matin, il défonce !

— Merci, bredouille Ellis, jetant un regard un peu gêné à ses amis pour bien faire sentir à Cobra qu'il l'importune.

— Je fais de la musique aussi, du rap. J'aimerais bien te faire écouter des sons si t'as le temps, poursuit Cobra conscient du malaise qui s'est installé.

— Euhhh ouais stuv', tu peux voir avec mon manager.

Ellis indique vaguement du doigt un mec sur la gauche faisant le fanfaron une clope à la main. Un de ces kids aux chaussettes jaune fluo, sur des Nike TN, un jean qui va bien, le crâne à moitié rasé.

— Simon ! crie Ellis au mec en question qui se retourne, interrogatif. Bon bah, j'te laisse voir ça avec lui, conclut-il, avant de lui tourner le dos, laissant l'animal triste digérer l'humiliation.

Bien sûr, Cobra ne va pas discuter avec Simon. Il sait ce que cela veut dire de le renvoyer vers le manager. C'est une manière polie de se débarrasser de lui. Lui signifier qu'on a pas le *time*. Qu'on est dé-bord-é. Mais vois avec mon agent, hein. Cobra n'a aucun désir d'être pris en flagrant délit d'entrisme. Il regagne la table où French est désormais carrément plongé dans la gorge de la nana en mode *Deep Throat*. Ça a vraiment été une journée de merde, se dit-il. Du début à la fin.

10.

À quelques encablures de là, Margaux est chez elle et se peint les ongles des pieds d'une teinte corail. Alex lui a envoyé un message lorsqu'elle était dans le métro. « Tu fais quoi ? » Puis un second, quelques minutes plus tard : « Je peux passer te voir… ? » Margaux, réticente, a finalement abdiqué. « OK », elle a écrit. Puis elle s'est dépêchée de rentrer pour se faire les ongles. Mais le temps est passé et elle n'a pas eu de nouvelles. La *bambola* a les boules. Elle se laisse faner dans son lit.

Fixant le plafond, elle pense à cette relation qu'elle ne parvient pas à qualifier. Amour ? Tendresse ? Négociation ? Rapport de force ? Il n'existe pas de mot dans la langue française pour décrire ce qu'ils vivent. À peine du sexe. Trop peu d'affection pour qu'on puisse parler de relation. Un flirt, peut-être. Une romance… Une transaction ! Voilà, c'est ça, une relation d'amour transactionnelle, un échange économico-sexuel dissimulé sous les traits de baisers volés et d'échange de salive. Margaux s'y est soumise sans trop se formaliser, acceptant avec le temps les dissymétries qu'exige pour elle le fait de sortir avec un mec plus âgé, ayant un statut, et tout ce que ce mot pompeux comporte de discorde et d'humiliation. De manière diffuse, Alex a tout fait pour entretenir ce décalage, réglant les additions parce que « je gagne plus que toi et puis ça me fait plaisir », lui rappelant sans cesse qu'elle est jeune et lui usé, flattant son physique tout en mortifiant son ego, la réduisant enfin à une enveloppe rose et vide, une petite poupée de cire qu'il manipule à loisir. Elle a vingt-cinq ans et n'est ni une femme, ni une enfant. Une chose éclose mais pas encore fanée. Un ersatz d'être humain malléable à merci. Pas encore connue, pas encore accomplie, en développement, comme disent les maisons de disques. Une ébauche. Un projet d'être humain.

On ne s'unit pas à un projet d'être humain. La chose était entendue pour Alex. On peut certes le fréquenter, lui voler des instants de bonheur, l'abreuver de sa prestance, l'éblouir. On lui fait miroiter une relation jusqu'à ce qu'on se lasse. Puis l'affaire est pliée. Un matin, on se réveille, on n'a plus envie, et on explique poliment à la personne en face que « c'est pas toi, c'est moi » en un message laconique écrit entre le café et la douche. Puis on reprend sa vie normale. On découvre une nouvelle artiste prometteuse avec qui on recommence le même cirque comme si de rien n'était. Margaux s'en veut de rester kéblo. Elle qui s'était promis de ne pas se faire avoir par ce genre de bail, elle a la haine.

Dépitée, elle débouche la bouteille de vin qu'elle a mise au frais et s'en sert un verre qu'elle sirote, pensive. Une chose est sûre : il va falloir le téj. Téj avant d'être téj. C'est dans la Bible, non ? Elle boit son verre de vin quand elle reçoit un SMS d'Alex : « Déso, j'ai croisé des amis en bas. J'arrive. » Il va falloir commencer à être vive, se dit-elle, et le dégager gentiment. Alex peut nuire à sa carrière et ce n'est pas le moment de se le mettre à dos. Il possède encore cet avantage sur elle, sa situation. Avec son réseau, ses amitiés et son job, il peut facilement la blacklister des clubs.

En posant son verre sur la commode près du canapé, elle fait tomber par mégarde un cadre en stuc doré sur le tapis. Margaux se penche pour le ramasser et se marre lorsque ses yeux tombent sur l'objet. C'est la carte de Chez Jeannette qu'elle a encadrée juste avant l'été pour la blague. Pento avait mis au menu un cocktail auquel il avait donné son blase. Le « Margaux » : gin, Lillet blanc, jus de citron et sirop d'agave. Une mixture dégueulasse. Margaux sourit en y repensant. Quand même, ça lui avait fait plaisir que Pento pense à elle, se dit-elle en allant ouvrir la porte à son prince charmant.

11.

L'obscurité s'est propagée insidieusement sur les boulevards, suintant des souterrains, dégorgeant des enchevêtrements de passages. Elle jaillit des successions de cours intérieures reliées par d'étroits corridors, et des immeubles entassés. Le jour s'est couché emportant avec lui la pudeur, laissant place à l'illicite. La nuit déferle sur la ville dans une débauche de clinquant, de fumée de clope et de bulles fines.

À quelques numéros au-dessus de chez Jeannette, rue d'Enghien, un halo de lumière orangée émane d'un appartement. Pour y parvenir, il faut esquiver les livreurs sans papiers qui s'agglutinent devant le restaurant japonais, leur téléphone portable à la main, un casque de moto sur la tête. Taper un code, passer une porte cochère, sonner en bas. Une fois la porte ouverte, entrer dans l'ascenseur microscopique et appuyer sur le numéro 4. Puis se diriger à gauche sur le palier vers une grande porte en bois. Voilà, vous y êtes. Vous voilà chez Chérif.

Le vieil homme se tient debout devant la fenêtre du salon, d'où il peut apercevoir Chez Jeannette, les bras dans le dos, immobile, pensif. Il guette le désordre en contrebas sans vraiment y prêter attention, absorbé par ses pensées… Est-ce qu'il ne ferait pas mieux de céder… ? Vendre tout ce qu'il possède et aller couler des jours meilleurs au bled ? Quitter Paris, partir de ce quartier où il a passé toute sa vie, et qu'il ne peut plus encadrer, changer d'air… Son esprit divague tandis qu'un bataillon de fêtards prend le pavé et s'achemine vers le troquet en deçà. Des jeunes gens modernes qui aiment leur maman et déchirent la nuit de leurs éclats de rire dans un micmac de Doc Martens, de virées en scooter et de baisers tendres.

Peut-être qu'il est temps de vendre cet appart. Se séparer de ce pied-à-terre qu'il a acheté trois fois rien il y a trente ans et du studio de musique au rez-de-chaussée dont personne ne se sert… Il pourrait faire une plus-value démentielle. Et après, quoi ? *Fuir, mais où ?*, comme le chantait Khaled. Ce bout de rue, c'est toute sa vie. Il ne connaît rien d'autre…

Chérif s'aperçoit soudain que la musique s'est arrêtée et que le microsillon tourne à vide sur la platine. Il s'empresse d'aller changer de disque et balaie d'un revers de la main ses réflexions. Pendant qu'il se sert un verre de vin dans la cuisine, Chérif ressasse sa journée : la visite de Maurice Cohen, toujours le même cirque, ses propositions de racheter son catalogue de musique et les simagrées qu'il doit faire à chaque fois pour refuser.

Maurice et Chérif se sont rencontrés dans les années 1990 chez Oasis, le célèbre disquaire de Barbès. Lorsque les quartiers nord de Paris étaient encore la plaque tournante des musiques arabes dans le monde… Maurice était alors manager d'artistes de raï, tout comme Chérif. Et dans le microcosme de la production phonographique de musiques orientales, tout le monde se connaissait a minima de nom.

Depuis, le raï a succombé aux retours au bled, aux volte-face des maisons de disques, aux rêves brisés sur l'autel de la lutte antiterroriste globale, et à la crise identitaire… Et Maurice s'est lancé dans le rachat à bas prix des catalogues de musiques arabes qu'il met ensuite en ligne sur les plateformes de streaming, tandis que Chérif se laisse dépérir.

Il y a de la maille à gratte et c'est à qui parviendra à mettre le grappin sur ce patrimoine le premier. Chérif constitue aux yeux de Maurice un gros poisson. En tant qu'ancien producteur, il dispose d'un important catalogue, celui de son label Bled Musique, dont le vieux marlou entend bien s'emparer. Par conséquent, cela fait des mois qu'il lui rend régulièrement visite et multiplie les stratagèmes pour le faire plier.

À chaque fois, c'est le même scénario : l'impresario sonne à la porte avec des pâtisseries sous couvert de « prendre de ses nouvelles ». S'ensuivent des discussions à n'en plus finir au sujet de leurs affres et de leurs vies passées. Un tel vient de mourir. Un autre a un cancer. Et tu te souviens de Nathalie ? Qu'est-ce qu'elle était belle ! Maurice tourne autour du pot puis finit par attaquer le sujet du catalogue sur le ton de la plaisanterie. Sans désemparer, Chérif tient bon, lui répétant qu'il est très flatté par sa proposition mais qu'il ne peut accepter. Et Maurice rétorque invariablement la même litanie : « Il est temps que tu passes la main. Ta carrière de producteur est derrière toi. Tu as été le king du raï à Paris, mais c'était il y a vingt ans déjà. Quinze ans que tu n'as rien fait. Vends-nous ton catalogue, tu pourras t'assurer une retraite confortable et couler tes vieux jours au soleil. Pourquoi tu t'acharnes ? » C'est devenu un rituel. Une sorte de parade nuptiale : approche en douceur, séduction, promesses, attaque, et tout le tralala. Seuls les vieux amis se livrent à ce genre de mise en scène. Comme un vieux couple avec ses petites manies et ses taquineries habituelles.

Quand Maurice finit par partir ce jour-là, Chérif se retrouve seul face à ses inquiétudes. Alors qu'une cigarette se consume, il pense à l'argent qui vient à manquer. Aux charges de copro qu'il n'a pas payées… Aux factures diverses qui s'amoncellent sur la console dans l'entrée… Chérif aspire une latte de fumée. Heureusement qu'il est propriétaire… Il expulse la nicotine par les narines. Et l'exploitation des droits de son catalogue de musique lui rapporte encore une petite rente, une somme modique, certes, mais qui tombe tous les mois. Quand Franprix passe un titre de raï au rayon yaourt ou qu'on joue Cheb Mami dans un mariage, la machine à sous de la Sacem fait « catching ». Juste assez pour pouvoir subsister.

Maurice lui a dit qu'il pourrait se faire un max d'oseille. Parce que le raï streame fort dans les pays du Machrek et du Maghreb. Il a parlé de plusieurs centaines de milliers d'euros s'il lui cédait les droits. Chérif est dubitatif… Il écrase sa cigarette dans le cendrier et parcourt des yeux le disque qu'il lui a laissé en partant, un double vinyle réédition deluxe en édition limitée. Le produit marketé d'une énorme maison de disques pour les quinze ans de Raï'n'B Fever. Tout ce que Chérif exècre. Puis il se lève et va se verser un autre verre de vin dans la cuisine. Le chant mélancolique de Khaled emplit l'immense appartement. Les yeux fermés, il se laisse bercer par cette musique qui lui rappelle son départ de l'Algérie.

Sur les coups de 22 heures, il s'aperçoit que son paquet de cigarettes est vide. Légèrement saoul, il part à la recherche d'un tabac ouvert. Il n'y en a plus à cette heure tardive. Chérif se présente au bar le Mauri7 pour leur demander de lui dépanner un paquet mais ils n'en ont plus non plus et le barman lui conseille d'aller demander en face, Chez Jeannette.

12.

Alors que Cobra s'apprête à quitter le bar, Chérif traverse la foule en sens inverse. Quelques tables sont dressées sur le trottoir. On s'y agglutine entre gens de bien, des filles superbes, des imprésarios, des danseurs de renoms, des mecs qu'on a vus dans des publicités pour des slips en coton. Une tripotée de jeunes gens triés sur le volet qui auraient pu être en couverture d'*Actuel*, quarante ans auparavant, se pressent sur le trottoir. « Seré-seré », comme dit la devanture d'un coiffeur sénégalais à deux pas de là. Chez Jeannette noie dans les bulles de champagne un mélange de célébrités et d'inconnus, de queer, de straights, de dealers, de chanteurs, et de stars d'Internet. Des nostalgiques de la nuit parisienne, trop jeunes pour avoir hanté le Palace, les premières raves, Mozinor, Chez Moune, le Pulp ou le Baron.

Dansant sur les reliques de la culture punk fanée, ces adeptes du rockabilly et de la culture mods invoquent les fantômes de Nico et des Velvet Underground, de Jacno et de Daniel Darc en écoutant Radio Nova, un pétard à la main, et en allumant chaque soir un cierge sur l'autel de leur idole disparue Jean-François Bizot. Ils adorent Leos Carax et Jean-François Beineix, citent Gaspard Noé et Virginie Despentes, se sont fait tatouer des trucs ésotériques sur le bras, des slogans punks ou des symboles récupérés dans des livres d'art traînant sur la table basse de leurs parents. Pour Chérif, il s'agit d'imposteurs de la mélancolie qui surfent à bon compte sur ce passé pour se donner une crédibilité intello-underground du plus bel effet. Des esthètes, des voyous, des pilleurs de mémoire. Des esprits canailles qui officient en tant que créa dans la mode, ou que DA dans des pubs Nike, qui se pressent à l'automne à la FIAC, à la Fashion Week en janvier, dans des raves au solstice, et au Bon Marché le reste de l'année. Tout ce que Chérif regarde avec compassion et ironie parce qu'il a vieilli et qu'il en est revenu.

Chérif s'aventure à l'intérieur du troquet. On s'y bouscule gaiement devant un papier-peint à imprimé Toulouse-Lautrec. Le vieux producteur est fatigué par ces mouvements d'effusion, cette gaieté infantile, et par la nuit parisienne en général. Tout cela est du passé pour lui désormais. Il fait la queue quelques instants et parvient devant le bar où il essaye de capter le regard de Pento. Il finit par s'approcher, se penche au-dessus du comptoir et murmure :

— T'as pas des clopes à dépanner ? Matthieu du Mauri7 m'a dit que tu en avais.

Pento hoche la tête, se penche sous la caisse et extirpe un paquet de Lucky Strike d'une cartouche qu'il lui tend :

— C'est douze euros.

Chérif enfonce la main dans la poche avant de son jean, attrape un tas de pièces de deux euros qu'il se met à compter. Il pose la monnaie, lui souffle à peine un « merci » et s'en va. Pour sortir, c'est le même cirque, attendre que les gens se poussent, se glisser entre les groupes, garder son calme face à un public en état d'ivresse. Il parvient enfin sur la terrasse, déballe le paquet, extirpe une cigarette et l'allume quand soudain il se fait bousculer par un jeune type un peu bourré qui crâne en faisant de grands gestes. Chérif voit le paquet voler dans les airs, les cigarettes s'échapper une à une en mode fuite de Varennes et s'échouer sur le trottoir humide, laissant le vieillard abasourdi. Le type se retourne et se heurte au regard noir de Chérif qui serre la mâchoire autour de sa cigarette.

— Tu peux faire attention, dit-il sèchement.

Le jeune homme en question, plastronne. Cobra, qui a assisté à toute la scène, le reconnaît. Il s'agit d'Ellis. Le chanteur a visiblement trop bu et s'agite, répétant à qui mieux mieux que les retours sur le premier single du nouvel album sont bons, et que leur single « Salomé » va ramener Diva sur le devant de la scène. Les filles s'agglutinent autour de lui pour se protéger du froid. Comme à l'accoutumée, Ellis, roi des poseurs de Paname, frime.

Chérif vient physiquement de se heurter à tout cela. Il est épuisé et en a marre. Il a le regard aussi tranchant qu'un cran d'arrêt. Sous l'effet de l'alcool, il siffle :

— Espèce de petite merde.

Le ton monte des deux côtés. Pento intervient, demandant à Chérif de s'en aller. Alors que le vieux fait un scandale, Pento murmure quelque chose comme « fermeture administrative… c'est la deuxième fois en un mois… tapage nocturne… plaintes du voisinage… police… Il faut dégager ». Cobra accourt à sa rescousse comme un écureuil-volant, se baissant pour ramasser les clopes par terre, essayant tant bien que mal de sauver les meubles. Il tend à Chérif les quelques mégots qui n'ont pas pris la flotte. Chérif le calcule à peine. Il dit merci et se casse en maugréant.

— C'était qui ? demande Cobra.

Pento lui raconte ce qu'il sait. Les on-dit qui circulent dans le quartier. Chérif a connu ses heures de gloire dans les années 1990 en produisant du raï. On lui impute le succès de nombreux raïmen et de quelques starlettes de la variété, des sous Jean-Jacques Goldman. Chérif est au raï ce que JCVD est au karaté : une légende. Cependant, son succès est derrière lui. Il s'est endetté à cause d'histoires financières louches, s'est mis à boire et passe ses après-midi à traîner dans le quartier, à regarder les gens passer et à lire le journal. À cela s'ajoute une fierté d'algérien bien trempée. DZ jusqu'au bout des ongles, il est tellement fier qu'il paraît que le jour de son mariage il a eu du mal à dire oui. Grand mal lui en a pris vu qu'ils n'ont pas vieilli ensemble.

Cobra ne dit mot. Ce soir-là, il s'échoue sur le canapé de l'appartement de Pento. Il lui a demandé s'il pouvait crécher chez lui et Pento est trop hébété par son taff pour lui poser de question. Olivier, son patron, lui a envoyé un texto à la fin de la soirée pour le prévenir qu'on fermerait le bar le lendemain matin. Il a écrit, laconique : « C'est pour un shooting, pour la sortie de l'album de Diva. »

13.

Ellis arrive Chez Jeannette sur les coups de 11 heures. Il parade, un manteau de fourrure blanc sur le dos. Le chanteur de Diva s'est fait décolorer la tête. Cette toison déshumanisée lui donne un air glam rock ovniesque. Ellis salue la journaliste, le photographe, puis vient taper dans la main de Pento.

— Alors, ça s'est bien terminé hier ? oubliant déjà l'énième scandale qu'il a causé.

Ellis et Pento se connaissent depuis le collège et Ellis vient souvent Chez Jeannette, où ses disques sont régulièrement diffusés. Pento l'aime bien même si son côté Actors Studio l'agace. *Spoiler alert* : Ellis a la cote et, secrètement, Pento lui envie son succès.

— Oui, oui, murmure Pento gêné tout en libérant de l'espace dans l'arrière-salle.

Le chanteur de Diva s'est lancé dans la musique très jeune, après avoir passé des années au conservatoire à s'ennuyer fermement. Il a monté un premier groupe de rock avec Gary, son grand copain de l'école primaire, qui jouait de la guitare. Puis ils se sont pris au jeu, ont recruté un batteur, demandé à des copines de faire les voix et pondu une première maquette. À dix-neuf ans, ils sont devenus un groupe à la mode, étiquetés « Baby Rockers ». Un label que les journalistes musicaux en mal d'idées ont collé à la peau d'une nouvelle génération de groupes de rock influencés par les Anglais au début des années 2000. Une tripotée de petits kids bourgeois s'étant tous rencontrés dans de prestigieux lycées parisiens qui jouent dans des bars, portent des jeans slims, copient Peter Doherty, relevant leurs mèches de minets pour sniffer de la coke, chantent le spleen de Paris et sont courtisés par les maisons de disques qui y voient un revival des yéyés. Pento a suivi leur ascension rapide et fulgurante depuis le lycée, voyant avec scepticisme Diva être propulsé étendard de toute une génération.

— Si t'as deux minutes, j'aimerais bien te montrer des photos de skate que j'ai prises la semaine dernière…, il articule mollement.

— Grave, répond l'idole des jeunes.

Derrière le bar, Pento commence à rechercher dans les archives de son GSM des photos à lui montrer lorsque la journaliste fait signe au chanteur que le shooting va débuter. Sans un regard pour lui, Ellis traverse la pièce et se met à prendre la pose sur la banquette avec Gary et ses sbires, tandis que les speakers diffusent leur musique en total ego trip.

Pento suit ça de loin tout en inventoriant les stocks. « Je suis vraiment un bordel », il pense. Cinq ans qu'il passe là ses journées à attendre, regardant ses potes filer à toute allure sur des trottinettes électriques vers des rendez-vous, à la conquête du turfu. Tandis que lui s'engonce à chaque fois plus dans une routine moribonde qui finira par l'avoir à l'usure. Lui qui a grandi devant MTV et brûle de devenir le Spike Lee français ou le prochain Michel Gondry est un fainéant et il faut bien se rendre à l'évidence, il s'est fait recaler par toutes les formations crédibles en cinéma de la capitale. Depuis lors, il se fossilise Chez Jeannette, attendant que ça se passe.

Pento s'est fait à l'idée. Bien que ça le blase. S'enfonçant sans opposer de résistance dans la mollesse réconfortante et ouateuse de la routine. Il pourrait s'en accommoder si Ellis ne venait pas lui rappeler à chaque fois à quel point il se sent comme une merde. Ils ont le même âge, ont grandi au même endroit, eu une éducation tout pareille, mais ce matin-là, Ellis pose pour la couv' de *Technikart* tandis que Pento lui sert des verres.

Pento se sent un peu coupable. Après tout, des mecs l'ont félicité pour ses clichés. Quelques-uns sont même sortis dans des fanzines ou dans la revue *Clark*. Il aurait pu en faire carrière s'il s'était un peu bougé. Mais il est trop nonchalant. Il picole, ne se tient pas toujours bien, est bouffé par le stress, et fait un peu nimp'. Incapable d'assumer des responsabilités. Toujours fourré dans des histoires pas possibles. Des disputes à la sortie des bars qui se transforment en bastons rangées. Des points de suture après avoir tagué des trucs dans des endroits dangereux près de Stalingrad. Des opportunités ratées par manque d'application. Il s'est même cassé une dent de devant en faisant le con sur la planche à roulettes. Ce qui lui donne une gueule cassée qui a un certain succès auprès des filles. Mais même avec les meufs, c'est la *hess*. Dix ans qu'il est amoureux de Margaux sans oser faire le premier pas. Penser à tout ça lui file le cafard. Et voir ce connard d'Ellis étaler son autosatisfaction ce matin-là n'arrange pas le bordel.

La star se tient désormais debout sur la table. Il entonne de grands airs slaves, la main sur le cœur. Il n'est pourtant même pas midi. Le photographe rie, toutes dents dehors. Les autres membres du groupe ont l'air un peu fatigués par cette débauche d'excitation, qui, avec le temps, finit par lasser. Pento, lui, a l'habitude.

C'est le lieu qui veut cela. Couvert d'un vernis glamour, Chez Jeannette cultive un esprit bohème suranné. On s'y presse pour y croiser du beau monde, et pouvoir dire « j'y étais ». Chez Jeannette est de ces bars-là. De ceux dont on gardera le souvenir et sur lesquels on écrira un jour des livres remplis de photos et de témoignages de mecs bourrés, racontant une époque.

Olivier, le patron, a mûri cette stratégie de longue date. Chez Jeannette est le deuxième lieu d'une longue liste de troquets parisiens qu'il a choisi de réhabiliter avec son associé André, rencontré dans les chiottes du Bus Palladium alors qu'il désertait la fac de droit. Un soir, sur un bout de trottoir, les deux amateurs de baisers salés et de cigarettes au petit matin ont émis la résolution d'ouvrir un lieu ensemble. Un bistrot où se mêlerait mode et amour des lettres, cigarettes, rock'n'roll, bohème et insouciance dans une formule de sophistication décomplexée. Ils ont scellé le pacte et ne se sont plus quittés. « Croix de bois, croix de fer, si je mens je vais en after. »

L'entreprise a débuté à Pigalle, par la réhabilitation d'un vieux bar décrépit. Un bistrot dans son jus comme on en voit dans les films de Blier. Angines de comptoir, mecs desséchés attablés devant un quart de rouge, un flipper dans un coin, deux lycéens qui s'encanaillent, des malfrats et un propriétaire rincé. Vous voyez le genre ? Ils ont converti le lieu en un petit spot branché. Néon rougeâtre, bar marbré, élégant mais pas clinquant. Bien loin du style lounge qui a endeuillé le paysage parisien une vingtaine d'années plus tôt. Un mélange rétro-futuriste bien à eux, entre références au passé, bon goût, nonchalance et convivialité. Bref, un lieu tellement exquis que des revues de papier glacé viennent désormais y réaliser leurs séances photos. Puis, pris d'une folie régénératrice, André et Olivier se sont fixé l'objectif de redorer le blason de la nuit parisienne en ouvrant de nouveaux endroits. Des bistrots discrets et élégants sans publicité. On se donne le mot entre philistins et béotiens et cela suffit. Des « adresses » simples et dans le vent où se réunit une avant-garde mondaine dilettante.

Zeitgeist. On est en plein dans le génie du siècle.

En partant, tandis que le photographe range son matos, Ellis vient glisser un mot à Pento :

— Écoute, désolé pour tout à l'heure, j'étais *busy*. Faut qu'on se capte pour que tu me montres tout ça.

Il est en train de s'éloigner dans l'ondoiement de son hermine nacrée quand Pento s'écrit soudain :

— Eh Ellis, attends ! Je voulais te demander. La Salomé dont tu parles dans ta chanson, c'est Salomé Amsalem, la meuf trop belle qui était dans notre classe en première ? Celle dont le père bossait pour Europe 1 ?

Il réfléchit et ajoute :

— C'était pas elle qui te mettait grave à l'amende ?

Ellis a un sourire gêné et bredouille :

— Oui, enfin, je me souviens pas.

14.

Margaux est plongée dans les bacs de disques du Digger's Club, le magasin de disques de French, lorsqu'Alex l'appelle :

— J'ai un plan pour un set au palais de Tokyo en marge d'un défilé. Ils veulent une nana mignonne pour passer des disques à un event bien payé. Dis-moi si t'es dispo mardi.

Elle fait un signe à French, derrière le comptoir, et court prendre l'appel à l'extérieur.

À cette heure-ci, le magasin est vide. Un type d'une cinquantaine d'années, à la dégaine de prof d'histoire-géo, fouille dans le bac de jazz. Une jeune fille écoute un disque au casque près d'une platine. Gary entre avec un étui à guitare sur le dos, à l'instant où Margaux sort de la boutique. Rapidement suivi par Ellis. Pendant que Gary tient la porte, le chanteur de Diva s'approche de Margaux, lui saisit la patte et mime un baisemain théâtral. Margaux place ses doigts devant son téléphone pour masquer ses éclats de rire. Puis Ellis se dirige vers le bac de musique hawaïenne. Tandis que Margaux échappe à ses griffes.

Derrière le guichet, French s'affaire à trier les stocks de disques qu'il a rapportés de son voyage dans le Sud. Des caisses de vinyles jonchent le sol. French est trop content parce qu'il a réussi à trouver des mints. C'est-à-dire des disques neufs, parfois encore sous emballage.

— La nana m'a vendu vingt mille disques pour cinq cents balles ! il explique à Ellis qui rôde à côté. J'ai fait le casse du siècle, il éclate de rire.

— C'est un hold-up, renchérit Ellis hilare.

French est assuré de revendre ce stock dément à prix d'or. Ça va faire rentrer du fric et lui permettre de vivre pendant au moins deux ans, cette histoire. Alors depuis des semaines, French les range dans les bacs ou les poste sur son site Internet. Les Japonais envoient des mails en disant « *more, more, more records !* ».

French se souvient du premier concert de Diva auquel il a assisté, il y sept ou huit ans, à la Boule Noire, la salle de concerts du boulevard Rochechouart où se font la main les jeunes groupes prometteurs. Ce soir-là, Ellis l'avait prévu, que son nouveau groupe allait tout défoncer. Il avait lu dans les étoiles. Depuis, Gary et Ellis ont fait du chemin. French lui fait une bise et sort de sous le comptoir un disque vinyle qu'il lui a mis de côté.

— C'est un disque de Marie et les Garçons. Je me suis dit que tu kifferais.

Ellis prend le disque en main, ausculte la pochette cliniquement, le retourne puis lâche de manière solennelle :

— J'adore.

Sur le trottoir, Margaux tourne en rond, l'oreille vissée à son cellulaire, pendant qu'Alex lui donne les détails sur les *fees*, et l'orga de la soirée. À travers les vitres, elle observe l'intérieur du magasin, les bacs de vinyle en bois. French a fait un sacré taff. Le spot est superbe. Elle observe tendrement son ami et se souvient des après-midi passés avec lui à écouter *L'Homme à tête de chou* ou *L'Histoire de Melody Nelson* dans son salon en suçant des Mister Freeze. C'est lui qui lui a donné goût à la musique, lui faisant découvrir des disques pointus d'italo-disco comme des références de la culture club. Tout de suite, Margaux a flashé sur la house, cette espèce de violence romantique, une musique dont on ne connaît ni le début ni la fin qui a provoqué chez elle une déflagration.

— Margaux ? Je t'entends plus, t'es toujours là ? l'interrompt Alex qui la tire de ses rêveries.

Margaux a décroché quand Alex s'est mis à parler de Joanna, la fameuse Joanna, celle dont tout le monde n'arrête pas de lui rebattre les oreilles.

— Elle défonce, poursuit Alex, Tout le monde veut la booker en ce moment.

Margaux a compris qu'Alex la kiffait le jour où elle a vu qu'il likait toutes ses photos sur Insta. Surtout celles où Joanna est en bikini.

— Tu veux pas me voir, c'est ça ? elle murmure, blessée, à son intention.

— Mais non pas du tout, c'est pas ça Margaux. Tu sais bien que je t'a-do-re.

Margaux bredouille quelque chose comme « oui, oui, je sais », de manière totalement fausse avant de se ressaisir :

— T'as eu des news au fait pour la Concrete ?

Alex marque un temps d'arrêt. Il pèse ses mots avant de lâcher hésitant :

— Comme je t'ai dit, vu que t'es DJ et pas productrice, c'est un peu chaud… Ce serait plus simple si t'avais au moins sorti un EP…

Puis il ajoute un truc bidon genre « je vais voir ce que je peux faire » avant de raccrocher.

À l'intérieur, les jeunes gens modernes débattent à bâtons rompus au sujet d'un groupe obscur de punk. Margaux les rejoint et se force à rire à leurs blagues alors qu'au fond de son cœur, elle a envie de mourir.

— Alors, ça dit quoi ? lui demande French.

— Alex m'a proposé de jouer mardi au Palais de Tokyo. Je pense que je vais dire oui. C'est bien payé…, elle répond hésitante.

Ellis écoute d'une oreille tout en fouillant dans les bacs de disques.

— Alex, c'est celui qui bosse pour l'agence de booking Sexy Cool ? il demande.

Margaux opine de la tête.

— C'est eux qui s'étaient fait épingler par *Trax* il y a deux ans parce qu'il n'y avait aucune meuf dans leur roster d'artistes, non ? Ellis se marre. Ça avait fait un scandale parce qu'ils étaient censés représenter la nouvelle scène techno et il n'y avait aucune gonzesse ni aucune personne LGBT ou de couleur ?

Margaux rigole :

— Ouais, ouais, c'est bien eux. C'est pour ça qu'il a proposé de me représenter…

French s'interpose :

— Babe, no offense, mais arrête de le défendre… C'est un gros bouffon ce mec. Il te traite super mal. Vous n'êtes même pas ensemble. Le mec fait pas la taff… Il est même pas foutu de décrocher son putain de téléphone pour appeler le programmateur de la Concrete et te dégoter une date. S'il le voulait, il l'aurait fait depuis longtemps ! il s'emporte, soulé de voir sa sparring-partner galérer pour un pauvre mec.

Ellis hoche de la tête :

— J'avoue que de ce que j'ai entendu, Sexy Cool c'est pas les meilleurs… Tu devrais changer de tourneur. Je peux te mettre en contact avec Franck de chez OKLM Prod'.

Gary, qui suit la conversation depuis le bac de musiques insolites, ajoute, plaisantin :

— En plus il paraît qu'Alex, c'est Medellín dans sa tête…

Margaux rêve de dancefloors en feu, sur des terrains boueux, de raves déglingos et de foules déchaînées, pas de petits fours et de bienséance policée. Mais Alex lui a dit de « se contenter de sourire » car « c'est encore ce qu'elle fait de mieux ».

— J'avoue, elle lâche à l'intention d'Ellis, consciente qu'à la blessure narcissique se mêle la blessure amoureuse.

Elle quitte le magasin lorsque French lui demande :

— Au fait, tu savais que Pento voyait une meuf ?

Margaux frissonne. Décidément, même son plan B lui échappe. *L'amoureuse solitaire* s'éloigne, traînant sa tristesse dans son sillage. En rentrant chez elle, elle pense soudain à Swann. Elle tergiverse, parlemente, puis finit par lui envoyer un texto ramassé : « Tu serais OK pour nous filer un coup de main si on trouve un studio… ? »

Puis elle se pose devant ses platines et passe deux heures à enchaîner des disques, un casque sur la tête, hyper concentrée, bien déterminée un jour à mettre le feu à la piste de danse.

15.

Swann a mis quarante-huit heures à répondre « pas de souc' ». Cobra flanche. Il s'affole un peu en mode :

— Le mec est un génie. Il va me prendre pour un mariole. Il a bossé pour Franck Ocean, Booba, Juliette Armanet… Pourquoi il m'aiderait ?

Swann vient de l'électro, de la techno hype des boîtes de centre-ville et son palmarès est hors compétition.

Margaux lui sourit pour le mettre en confiance :

— Justement, on a trop de chance ! C'est LE beatmaker que tous les rappeurs s'arrachent. Avec lui, on va sortir des sentiers battus et graver ton nom dans l'histoire de la musique !

Cobra se triture les ongles, les yeux baissés, soucieux. L'aspirant Joey Starr devrait sauter de joie. Pourtant, il a des réserves. Il ne comprend même pas pourquoi le mec leur prête main-forte, hormis pour les jolies fossettes de sa pote. Mais Margaux n'a pas tort.

Le hit-parade regorge de morceaux de rappeurs qui s'écoutent les uns les autres, recourent aux mêmes producteurs qui composent des packs de centaines de beats par jour, et pondent des *bangers* monnayés chèrement comme d'autres dealeraient du shit. Clairement, l'air est vicié. Entre ceux qui pompent la trap d'Atlanta et celles qui préfèrent les sonorités zumba combinant rythmique dansante afrocaribénne et voix autotunées, le flow du rap fait carrément naufrage.

Pour passer en radio, il faut frapper fort, aller chercher des sonorités cheloues, des textures mélodiques originales, « casser les codes », lui explique Margaux qui connaît ça par cœur. Expérimenter en citant la B.O. d'un film obscur japonais, digger des toplines de morceaux de disco suédoise des années 1970, mais faire ça avec finesse. Rester dans les codes radio traditionnels. Sans succomber à l'industrie du travail à la chaîne qu'est devenu le rap français. Bref, c'est la merde. Même les chanteuses de variété se sont mises à faire appel à des producteurs de rap. Par fascination pour le succès que remporte ce genre musical auprès des jeunes.

Ça a ouvert un boulevard à des producteurs comme Swann, des mecs de moins de trente ans, ayant fait le conservatoire dans des villes de Province, venus à la prod' d'instrus après avoir bidouillé pendant des heures tous seuls dans leur home studio. Des geeks, en somme, jouant avec le son pour conjurer l'ennui. Ils stockent des prods en random access memory qu'ils offrent ensuite en pâture à de jeunes artistes en quête de beats pour accompagner leur freestyle.

Collaborer avec Swann, c'est une opportunité en or. Y compris pour Margaux qui va pouvoir apprendre la composition avec un des meilleurs producteurs de l'Hexagone. Clairement, ils ont tout à y gagner. Cobra finit par dire oui.

Ils se retrouvent tous les trois autour d'une pinte, d'un thé vert et d'un café serré à la terrasse de Chez Jeannette, un jeudi soir. Une rencontre improvisée : Swann sortait d'une session studio rue d'Hauteville, à deux pas de là, lorsqu'il a envoyé un message à Margaux pour lui demander s'ils étaient dans les parages. Cobra a lâché une excuse bidon à son père et a quitté le boulot en urgence.

Le but non avoué de la rencontre est de convaincre Swann de les aider. En tout cas, c'est ce que Margaux avait en tête quand elle l'a contacté. Elle a failli mettre un cierge avant de venir, mais finalement, elle s'est contentée d'espérer très fort que ça marche.

— La topline, c'est ce qui fait que le morceau va te rester dans la tête, explique Swann trente minutes plus tard, sirotant sa pinte de bière, les jambes étendues devant lui, ses TN modèle Air Max Plus OG à motif flammes orangées envoyant des rayons réfléchissants sur la chaussée tellement il les a lustrées. C'est ta mélodie. C'est ce qui fait que quand t'entend PNL, t'as le morceau qui te colle aux basques toute la journée…

Cobra écoute timidement, un peu impressionné. Ça fait déjà dix minutes que Swann devise sur les us et coutumes du métier, sous le regard ébahi de Margaux et Cobra qui n'osent pas l'interrompre. Même Pento, qui fume une clope, laisse traîner une oreille, intéressé par le TED Talk que dispense Swann sur la prod'.

— Aujourd'hui, la musique c'est un business. Les mecs se réunissent dans des « séminaires » de beatmakers. Parfois, ils sont quinze à taffer sur un même morceau. À la fin on ne sait même plus qui a fait quoi. C'est un peu l'usine. Moi je trouve ça cafardeux. C'est pas ma vision de comment on doit faire du son.

Margaux hoche la tête, faisant tressauter sa queue-de-cheval coincée dans l'accroche de sa casquette NY bleu foncé. Elle lâche des « oui » aspirés, des « grave », « trop », « de ouf » et murmure des trucs chelous tels que « Kanye a fait ça ».

— Avant, je prenais tout ce qu'on me donnait, j'étais grave dans les biz. Mais maintenant j'ai acquis une certaine légitimité qui me permet de choisir avec qui je bosse, poursuit Swann. Je préfère travailler avec un groupe pas très connu qui fait quelque chose qui me plaît plutôt que de prendre un beau billet en faisant une session avec un rappeur qui m'intéresse pas juste parce qu'il est à la mode... En vrai, me dire que je vais être enfermé dans une pièce avec dix mecs à faire des chansons chacun sur son ordi parce que c'est ça qui va rapporter de l'argent, je trouve ça un peu triste...

Swann dégaine son GSM du sac banane qu'il porte en bandoulière et recherche sur les réseaux sociaux la page du compte « Qui Pèse », qui recense les ventes par semaine de singles et d'albums de rappeurs. Il tape du doigt sur l'écran avec son index, regarde Cobra les yeux dans les bleus et lui assène :

— Mec c'est exactement ça qu'il faut éviter ! L'urbain a apporté beaucoup de fraîcheur à la musique, mais dernièrement, je trouve que le rap tourne en rond. Les maisons de disques sortent des disques en pagaille à l'aide d'algorithmes et de type beats, des morceaux produits *à la manière de*. Ça ne vole pas haut...

Cobra prend une inspiration profonde et détend les muscles de sa mâchoire. À rebours de l'image du mec véreux qu'il s'était forgée dans sa tête, le petit prince du rap s'aperçoit qu'il a affaire à un vrai mélomane, davantage guidé par l'amour de la musique que par la volonté d'en faire un business. Swann poursuit son panégyrique :

— Moi je trouve que tu as du potentiel. Je l'ai senti tout de suite. Ce que tu fais est sincère et ça me parle. Mais ça ne suffit pas. Il faut que tu travailles ton image. Je peux te présenter des gens si tu veux.

Là, Margaux se dit que ça y est. Swann a mordu à l'hameçon. « Je peux te présenter des gens. » C'est la formule magique dans le milieu. Grâce à Swann, elle et Cobra vont pouvoir accéder à la Paris connexion. Un groupe d'une vingtaine de personnes qui fait la pluie et le beau temps de ce qui est cool et de ce qui se fait de mieux. Être en contact avec des DA, des réal' et des dir' prod'. Entrer dans le saint des saints de la hype, c'est s'assurer une place dans le firmament de la *fame*. Cela revient à devenir immortel et puis mourir. Un effort de plus et il acceptera peut-être de jeter un œil à leurs prods… Elle est sur le point de le lui demander quand Swann sursaute :

— Putain, j'avais pas vu l'heure, il s'écrit après avoir jeté un coup d'œil à son téléphone portable. Je me taille. Une fois par mois, j'anime un show pour la radio anglaise… Tenez-moi au courant, il ajoute tout en se levant.

— Laisse, c'est pour moi, argue Cobra, alors que Swann s'engage dans le bar pour régler.

Les poupons se font un check. Une fois à distance, Cobra se tourne vers Margaux, le feu aux joues et lâche, la voix haletante :

— Putain, il faut à tout prix qu'on bosse avec lui.

16.

Ce soir-là, Cobra regagne ses pénates avec le cœur qui chancelle, partagé entre la détermination farouche de s'y mettre et la peur panique de ne pas y arriver. Sur le chemin, il emprunte le passage Brady, une enfilade de boutiques que les habitués surnomment « Little India », et où coudoient les restaurants pakistanais, les colliers de fleurs et les herboristeries. Cobra passe devant le coiffeur barbier au numéro 8. Dix euros la coupe, sept euros la barbe, deux euros le shampoing, coiffeur mixte. À travers la vitre, il aperçoit Chérif assis sur un fauteuil de barbier à l'ancienne, sous le feu de coups de ciseaux calibrés. Il le reconnaît tout de suite à son petit côté dandy du bled. Entre Omar Sharif et Sami Frey. Cobra lui jette un regard furtif et trace sa route.

Une fois chez lui, toujours la même histoire. Choper une briquette de Capri-Sun. Se retrancher dans la piaule. Brancher son casque audio et s'immerger dans le travail. Il passe ainsi deux heures à écrire et regarder des vidéos de célèbres producteurs de rap expliquant comment ils composent sur leur ordinateur. Il faut bien se rendre à l'évidence, la production est un travail compliqué. Il se connecte à Insta et tombe sur une photo de Swann. On le voit couché dans un lit avec, sur les deux oreillers, un disque d'or et un disque de platine, des récompenses qu'il a reçues pour des albums de rappeurs qu'il a produits. La légende indique « seul le taff paie ». Cobra met un like. Dix secondes plus tard, il voit que Swann s'est abonné à son compte. Il trépigne et se dit qu'avec un peu de chance, s'ils trouvent un studio, Swann acceptera de les aider…

Un bruit de chute lui fait lever la tête. Cobra enlève son casque et se précipite dans l'entrée où il trouve son père complètement raide couché par terre. Hugo se tient près de lui. Il essaie de le soulever mais leur père est ivre mort et demeure inerte sur le sol. Hugo jette à Cobra un regard implorant. Tout seul il ne va pas y arriver. Cobra se poste de l'autre côté et les deux frères glissent leur bras chacun sous une épaule, relevant leur père dans un état lamentable. Ils traversent avec difficulté la petite entrée de l'appartement, débouchent dans le salon, et cheminent péniblement à travers la pièce avec cette lourde charge sur le dos. Le père a le visage défait, les cheveux en brosse. Il balbutie des propos incompréhensibles. Hugo souffle pour l'apaiser :

— Ça va aller, t'inquiète pas.

Ils parviennent jusqu'à sa chambre où ils le posent délicatement sur son lit. Cobra court tirer les rideaux, pendant qu'Hugo lui enlève ses chaussures. Ils ôtent sa chemise et son pantalon. Leurs gestes traduisent une certaine habitude. Ce n'est pas la première fois qu'ils récupèrent le père en vrac. À peine Hugo a-t-il posé une couette sur son corps que le père se tourne sur le côté en émettant un gémissement. Deux minutes plus tard, il dort à poings fermés sur le flanc. Les deux frères s'esquivent sur la pointe des pieds.

— Où tu l'as trouvé ? demande Cobra alors qu'ils vont se servir un Coca dans le frigo.

— Pas loin de la maison..., répond Hugo, pas très bavard. C'est l'anniversaire de la mort de maman aujourd'hui..., il ajoute après un silence.

Cobra opine de la tête. Il sait. Douze ans. Ça fait douze ans que leur mère est partie, fauchée dans la fleur de l'âge par un cancer du sein fulgurant. Douze ans que le père ne parle plus, mène une existence en clair-obscur, empruntant une contenance d'une dureté infinie pour conjurer la peine et masquer le trouble.

Cet été-là, quelques semaines après sa mort, ils étaient partis au Portugal, dans la maison de leur tante. Leur mère avait été mise en terre au mois de mai. Les vacances avaient été extrêmement pénibles. Le père se saoulait abondamment, la mine ravagée, dans le jardin, avec son beau-frère. Les garçons partaient à la plage avec leurs cousins, pêcher à l'épuisette, fumer des roulées et boire des bières en matant les filles. Ils le retrouvaient le soir venu, écroulé sur le patio, dormant dans sa morve. Cobra était encore jeune. Il n'avait qu'un souvenir vague de ces vacances, marquées par l'escapade qu'il avait faite dans les dunes derrière la plage avec une jeune Portugais qui lui avait proposé de lui montrer ce qu'elle avait dans la culotte contre quelques bonbons acidulés.

Hugo, lui, se souvenait bien. Il venait d'être accepté en STAPS. Hugo avait toujours été athlétique et, faute d'avoir réussi les sélections en club de foot professionnel, il s'était rabattu sur un cursus de prof d'EPS. Il devait intégrer une licence spécialisée à la rentrée à Descartes. Mais cet été-là avait tout changé. D'abord le décès de leur mère, puis ces vacances chaotiques au Portugal où Hugo observait impuissant leur père se désagréger.

À la fin des vacances, une altercation avait éclaté entre les deux hommes. Le père était dans la cuisine en train de prendre une bière dans le frigo quand Hugo, n'y tenant plus, était venu l'aborder. La rentrée approchait et il avait besoin de savoir si son père pouvait lui filer un peu d'argent pour l'équipement sportif. Caché derrière la portière, le père avait marmonné quelque chose en portugais qu'Hugo n'avait pas saisi. Il lui avait demandé de répéter. Le père avait grommelé, en claquant la porte, déjà aviné, qu'il pouvait aller se faire voir avec ses projets d'études. Il en était hors de question. Hugo avait dégluti et rétorqué péniblement qu'il s'était déjà inscrit à la fac, qu'il avait été accepté et que ce serait une belle opportunité quand même. Mais le père n'avait rien voulu entendre. « Tu m'aideras au magasin. Je peux pas tout faire tout seul », avait-il tranché. Adieu les rêves d'université, de pavillon en banlieue et de week-ends accrobranche. Il était condamné à pourrir dans ce bout de rue sordide, entre les boîtes de haricots, la féta et les condiments importés. *C'est ton destin*, auraient chanté les Inconnus.

À la rentrée, Hugo avait endossé le tablier et s'était attelé à ses tâches. On pouvait croiser ce jeune homme malingre, vêtu d'un tablier trop grand, accoudé aux murs, à l'arrière du magasin, fumant des cigarettes qu'il aspirait par énormes lattes. La manière dont il se tenait, la tête baissée, la nuque quelque peu inclinée, témoignait de la violence infligée à l'âme de cette abdication. Le corps marque toujours les signes de l'intérieur. Il se fait empreinte des douleurs intimes. Dans le cas de Hugo, la déception s'était voulue si violente, si soudaine, qu'elle avait imprégné sa démarche d'un petit quelque chose de cassé, une fêlure profonde qui avait brisé l'échine et courbé le dos. Puis il s'était endurci et avait ravalé le fiel. Douze ans déjà qu'il avait renoncé.

— On ira déposer des fleurs sur la tombe de maman dimanche, il murmure à l'attention de Cobra, une fois sa canette finie.

Plusieurs minutes s'écoulent, durant lesquelles les deux frères se tiennent à quelques mètres, sans un mot, bercés par le grésillement du réfrigérateur. Deux lianes brunes ayant poussé comme des mauvaises herbes.

Cobra regarde par terre. Il aimerait dire quelque chose au sujet de leur mère, évoquer un souvenir, trouver les bons mots… Mais il n'y arrive pas. Ça fait trop longtemps que le contact est coupé. En panique, il réfléchit à toute vitesse. Engager la conversation. Lui parler de ce qu'il aime… Vite, penser à un truc… Le futsal, les filles, quelque chose de drôle… Cobra s'apprête à faire jaillir des mots de sa bouche, n'importe lesquels pourvu que la conversation reprenne, quand Hugo se redresse et écrase de son poing sa canette, dans un bruit de fer compressé signant la fin de la récré. Puis, sans un regard pour Cobra, il se traîne jusqu'à sa chambre, sa chambre d'ado où il vit toujours alors qu'il vient d'avoir trente ans, laissant son petit frère seul dans la cuisine, désarmé.

17.

Une semaine plus tard, Cobra s'affaire dans la réserve à ranger des boîtes de conserve. Il est 17 heures passées et son père a promis de lui donner la fin d'après-midi. Le poulbot doit se rendre à un talk intitulé « musique et féminisme : des combats à mener » que Lola organise et il tient absolument à y aller.

Hugo l'appelle depuis la boutique :

— Enzo, tu peux venir m'aider ?

Cobra pose la boîte de conserve qu'il a à la main et se hâte de rejoindre son frère. Le magasin est vide. Cobra regarde l'heure. Il ne lui reste pas beaucoup de temps. Hugo lui indique des sacs de courses par terre près de la caisse et lui assène :

— Y a un client qui a oublié ça en partant, faut que tu lui ramènes !

Cobra lui jette un regard d'incompréhension :

— Euh désolé, mais j'ai dit que je partais dans quinze minutes. Y a pas moyen. J'ai un rendez-vous à 45.

Le visage de Hugo s'obscurcit.

— En fait, là on est deux, comme tu peux le constater. Moi je suis à la caisse donc tu vas y aller gentiment parce que je peux pas tout faire à la fois.

Cobra comprend que la situation est tendue. Il calcule à tombeau ouvert les risques de lui tenir tête. Hugo l'observe et lui lâche méchamment :

— T'attends quoi, espèce de débile ? Tu vas y aller alors ?

Cobra réplique :

— OK, j'apporte les sacs mais après je me casse. J'ai un rendez-vous.

— Fais ce que tu veux, je m'en bats les couilles.

Il lui tend un Post-it avec l'adresse du client et donne un coup de pied dans les sacs qui traînent à terre. Cobra se baisse, attrape les sacs en plastique bleu et file sans demander son reste.

Le client n'habite pas loin, à quelques immeubles de chez Jeannette, dans la rue attenante. En passant devant le bar, Cobra fait un rapide signe de la main à Pento et Lola. Il arrive devant la porte cochère en bois, tape le code inscrit sur le Post-it, et pénètre dans l'immeuble.

La bâtisse est relativement bourgeoise. Un tapis molletonneux rouge couvre les marches de l'escalier. Cobra gravit les quatre étages, les mains chargées, et arrive sur le palier. Il vérifie le nom près de la sonnette et presse le bouton. Une musique émane de l'appartement, des sonorités orientales. Cobra sonne à nouveau. Il entend du bruit à l'intérieur, des pas se rapprochant puis le son des clés que l'on tourne dans la serrure. La porte s'ouvre sur le visage hâlé de Chérif. Cobra ne s'y attend pas et sursaute.

— C'est pour quoi ? il demande.

Cobra bredouille une explication. Chérif le laisse passer le seuil de l'appartement, lui dit « pose ça là », indiquant le parquet. Puis il part dans une autre pièce à la recherche d'un peu de monnaie. Dans l'entrée, un piano est adossé au mur, le couvercle ouvert. Pendant que Chérif s'affaire, Cobra, debout, tape sur le clavier quelques notes. Chérif revient et lui demande :

— Tu sais jouer ?

Sur le pupitre du piano trône une partition, un morceau de Christophe intitulé « Les Paradis perdus ». Cobra s'assied et se met à le jouer à l'oreille, sans même jeter un œil à la partition. Puis il se tourne vers Chérif et lui répond :

— On va dire que je suis autodidacte…

Claude Debussy junior ferme les yeux et pense aux heures passées à l'adolescence dans sa chambre à essayer de recréer des accords entendus sur GarageBand avec un clavier acheté au rabais sur Le Bon Coin.

Sur les murs de l'entrée, sont accrochées des photos encadrées de Chérif accompagné de chanteurs populaires, Rachid Taha, Khaled mais aussi Christophe, Jean-Michel Jarre et Balavoine.

— On m'a dit que vous travaillez dans la musique, poursuit Cobra.

Chérif émet un bougonnement inaudible et lui répond un poil agressif :

— Ça t'intéresse la musique, toi ?

— Bah ouais, de ouf ! rétorque Cobra enjoué. Je suis musicien. Enfin, je suis rappeur.

— T'as sorti des disques ? demande Chérif méfiant.

— Nan, nan, pas encore, mais je vais le faire… Bientôt…, dit encore Cobra hésitant. Enfin cette année quoi ! J'ai pas mal de sons dans mon ordi. J'attends juste que…

Cobra laisse sa phrase en suspens. Chérif lui tend la monnaie et le toise des pieds à la tête, un peu intrigué par ce jeune homme qui se tient devant lui.

— C'est quoi comme musique que tu fais ?

Cobra est sur le point de lui répondre quand soudain, dans la cuisine, la bouilloire crépite. L'eau déborde sur les plaques. Chérif se précipite pour éteindre le gaz. Cobra l'attend en se tournant les pouces, ne sachant pas trop s'il peut se barrer sans lui dire au revoir. Chérif finit par revenir, un torchon sur le bras.

— J'ai fait du thé à la menthe. Ça te dit d'en prendre une tasse ?

Ils traversent le couloir lambrisé et pénètrent dans un immense salon où les murs sont couverts de dessins, de peintures, d'étagères de vinyles et d'instruments de musique kabyles et berbères. Un juke-box trône dans un coin, à côté d'un flipper vintage et d'un synthétiseur. Cobra ne peut retenir un sifflement, ébahi. Un jappement, à peine, de chiot stupéfié. Il frôle les murs, passant la main sur le papier peint de couleur ocre et jette un regard à Chérif, estomaqué. Ça carbure au niveau des globules rouges. Autour de lui, l'appartement apparaît comme une caverne d'Ali Baba, version Studio Marcadet.

— C'est quoi ? il s'écrit devant une machine bizarre, une sorte de jukebox dont la tête serait amplifiée, façon Elephant Man.

— C'est un Scopitone, une machine qui lie le son et l'image, répond Chérif. On l'utilisait pour voir des petits films musicaux dans les cafés qui diffusaient du raï. C'était très à la mode à l'époque.

Cobra s'excite :

— Il marche encore ?

Il triture dans sa poche à la recherche d'une pièce, qu'il introduit dans la fente, mais la machine la recrache.

— C'était des francs à l'époque, explique Chérif qui se penche vers la table basse pour servir le thé.

Cobra s'assied près de lui, dépité. Son cœur fait vavoom. Il ne sait plus où donner de la tête.

— C'est un souvenir de mon oncle, raconte Chérif tout en fumant une cigarette. Il tenait un bar en bordure du canal Saint-Martin, quai de Jemmapes. Il m'a engagé comme garçon de café quand je suis arrivé à Paris à dix-sept ans. Je nettoyais les tables et je passais le balai. Mon oncle était le premier à Paris à diffuser des cassettes de raï.

— On m'a dit que vous étiez producteur ? rétorque Cobra.

— Hé oui, petit. Le raï c'est toute ma vie.

D'un geste de la main, il lui indique les murs de la pièce où trônent des tas de disques.

— J'étais le manager de Brahim, j'ai produit Cheikha Rimitti, j'ai organisé les concerts de Cheb Hasni…

Cobra l'écoute sans mot dire, séduit par ce qu'il voit, un peu déboussolé. Ici tout respire le *chobizeness* à pleins tubes. À côté, lui a l'impression d'être *l'homme qui ne valait pas dix centimes.*

— Et toi alors, tu es signé dans une maison de disques ? Tu travailles avec qui ? s'enquiert Chérif.

— Pas exactement… Je fais ça tout seul, enfin avec des copains, il chevrote. Mais c'est un peu galère… J'aurais besoin d'un studio.

Chérif le détaille de pied en cap. Rien qu'à sa dégaine, ses sapes usées, son air timide, ça se voit à vue d'œil que le bambino a morflé. On est plus proche des *Valseuses* que de *Mary Poppins*.

— Attendez ! s'exclame Cobra qui sort son portable de sa poche. Je vais vous faire écouter un titre !

Il déplie les fils de ses écouteurs qui sont enroulés n'importe comment et tend une des oreillettes à Chérif qui la glisse dans son lobe. Cobra appuie sur play et lance une des démos qu'il a envoyées à Mélodie avant l'été. Celle dont il est le plus fier. Le morceau s'appelle « Frère ». Il l'a écrit après une embrouille avec Hugo. Un texte rédigé d'une traite avec le poing serré, la poitrine contractée et des larmes de sang dans les yeux. Quand il l'a fait écouter à French, le frérot était hystérique en mode prenez vos gifles, gardez les yeux ouverts. Cobra se voit déjà dans The Voice, avec les applaudissements du public et les mecs du jury qui se retournent dans leur chaise en buzzant comme des oufs.

Chérif écoute quelques secondes, puis lui jette des regards obliques. Le môme a l'air super content de lui montrer son œuvre. Pourtant, on ne va pas se mentir, c'est pas gégé… Il faudrait qu'il apprenne à mieux poser les voix… Et la production derrière, c'est un peu catastrophique… Mais c'est vrai qu'il y a quelque chose. Chérif ne saurait pas dire quoi. Peut-être est-ce le rythme, la prosodie, la musicalité des mots, le rapport à la langue… Le texte aussi. Ce qu'il raconte. Chérif trouve à l'ensemble un petit quelque chose de fragile qui le transporte.

Il pense au studio à l'abandon en bas, à la proposition de Maurice de racheter son catalogue, à son besoin pressant de trouver de l'argent… Le petit a l'air en galère… Il pourrait lui donner quelques conseils. Et par la même occasion, se faire un peu de blé… Soudain Chérif a une idée.

— Si tu veux, j'ai un studio au rez-de-chaussée… Bon, il n'a pas servi depuis longtemps. Il faudrait vérifier la console, mais tout y est. Je peux te le louer… Je te ferai un prix, il s'empresse d'ajouter.

Cobra tressaille. Il ôte l'écouteur de son oreille, lève les yeux vers Chérif, et lui jette un regard bi-goût, comme les Malabar éponymes, mi-soulagé mi implorant.

— C'est vrai ? Enfin ce serait super ! Mais je veux pas vous déranger…, il bredouille, partagé entre l'excitation et l'angoisse maximale à l'idée qu'il va devoir s'inscrire sur Only Fans et vendre son corps pour pouvoir payer cette folie.

— Tu ne déranges pas, voyons, c'est moi qui propose. Ce studio, il est laissé à l'abandon. Personne n'y va jamais. On ira le visiter, tu me diras ce que tu en penses.

Dans sa tête, Cobra fait les comptes plus vite que Speedy Gonzales. L'excitation est palpable. Un studio, rien qu'à eux… Le rêve ! Margaux pourrait y produire ses tracks. Et lui, sortir enfin un album. Il s'imagine derrière la console, en train de manipuler les boutons, pondre des sons de malade… Quitter ce quartier, devenir une star… Soudain, il déchante. Comment il va se payer ce nouveau délire ? Il va devoir reprendre les livraisons Deliveroo. Il en a fait quelques-unes durant l'été et ça le soûle grave… Puis il finit par se tourner vers Chérif et lui lance plein d'enthousiasme : « Je suis chaud ! », stupéfait par sa propre audace, déjà conscient qu'il va regretter ses derniers mots. Pendant que Chérif le raccompagne à la porte, glissant un « on discutera des détails plus tard », Cobra s'arrête devant un disque vinyle posé sur la console. C'est un des disques que Chérif lui a fait écouter ce soir-là, un de ceux qu'il a produits. Une galette de celui qu'on surnomme le rossignol du raï. Le disque s'appelle *Raï Love*. Sur la pochette, Julio l'Oranais, le roi du raï sentimental, fait des yeux de lover. Prenez garde mes demoiselles, ses pupilles peuvent briser des cœurs. Chérif lui dit :

— Prends-le, si tu veux, je te l'offre.

Cobra s'empresse de le glisser sous sa veste, trop content du cadeau, conscient qu'il n'a même pas de platines chez lui pour l'écouter.

18.

Le jour se couche sur le faubourg. Les salariés quittent leurs bureaux pour peupler les bars du quartier. C'est l'heure où la faune de la nuit débarque Chez Jeannette. Dans un ballet bien orchestré disparaît le service de jour, bientôt remplacé par des loubards, vêtus d'imperméables longs, les oreilles percées, des filles désir fumant des cigarettes du bout de leurs doigts vernis, douces vestales de l'obscurité.

Lola sort du bar pour servir deux filles en terrasse quand elle aperçoit Ellis entouré d'une cour de jeunes femmes se dirigeant d'un pas assuré vers le troquet. Le chanteur de Diva entre dans le bar, une nana sous chaque bras. Sur son T-shirt est écrit : « *I wish I had a friend like me* ». Il crie :

— Hé Pento ! Champagne aujourd'hui !! On a éclaté les chiffres de la maison de disques !

La brune à sa gauche se fend d'un rire frénétique. Ses lèvres carmin découvrent des dents rangées. Elle a le sourire un peu effrayant de Grace Jones.

À chaque fois que Pento le voit, la pop star est avec une fille différente, toutes mannequins androgynes avec des visages « atypiques », l'air rachitique de gamines de douze ans flottant dans des vestes en daim et des jeans Levi's. Femmes-enfants mi-anges mi-démons. Toutes wannabe-chanteuses dont Ellis veut « caresser » la voix, la mettre en boîte et à qui il promet l'éternité sous la forme d'un enregistrement sur un de ses morceaux.

Plus tard, Ellis, venu au comptoir pour régler, glisse à Pento : – On cherche quelqu'un pour tourner le prochain clip. Fais-moi signe si t'es intéressé.

Pento pense à la dernière fois qu'il a essayé de monter une vidéo pour un pote. Il a tellement galéré sur After Effects à faire de l'image par image qu'il a failli casser son ordinateur et s'est promis que plus jamais de la vie il ne s'y reprendrait. Deux mois plus tard, Pento est sur le point de dire non quand il aperçoit Margaux passer à l'arrière de la bécane de son mec en carton. Il se prend l'amour *comme un boomerang,* se dit que c'est peut-être sa dernière chance de conquérir son cœur, regarde Ellis et lui répond soudain qu'il est super opé. Ellis lui lâche un clin d'œil et s'en va avec la belle, aux jambes fuselées et aux collants résille troués.

De l'autre côté de la rue, Cobra se rend chez Ché-rif les bras chargés de denrées qu'il a piquées dans la boutique de son père. Depuis leur rencontre, Cobra est passé plusieurs fois chez le vieil homme pour bavarder. Chérif lui a fait visiter le studio.

Derrière une porte blindée, Cobra découvre un espace étroit, 30 m² saturés de machines analogiques et de synthés vintage. Une ancienne remise que Chérif a retapée dans le temps et qu'il mettait à la disposition des artistes avec lesquels il travaillait. Il y a produit quelques raïmens, des starlettes de variétoche que tout le monde a oubliées, et même Safia, une chanteuse de pop tunisienne qui a produit un hit en 2002 avant de sombrer dans l'oubli plus vite que la tecktonik.

Le spot est composé d'un micro et d'une console. Les synthés s'alignent le long des murs. Ici des TB 303, des TR 808. Là, des modules analogiques ultra-rares que Cobra caresse de la main, fasciné. Tout un bordel poussiéreux un peu magique avec des boutons colorés, couronné par un capharnaüm de séquenceurs, de MPC et de boîtes à rythme. Une moquette verte couvre le sol. L'électricité est à refaire. Mais Chérif a promis de s'en occuper. En dehors de ça, l'endroit est cosy et l'acoustique, parfaite. Des baies vitrées donnent sur une courette arborée.

Quand Chérif lui fait visiter le studio, l'émotion transparaît. Son attachement aux objets frôle l'obsession. Chérif est un maniaque du son. Il voue un amour profond à ces machines qu'il a accumulées au fil des années. Quelque chose d'un peu névrotique. Parce que c'est là qu'il s'est réfugié lorsque son existence tanguait. Le studio a pour lui tout du refuge mélancolique. Et il a choisi avec soin ces machines qu'il a parfois côtoyées plus que les hommes, arpentant les puces de Saint-Ouen et les ventes sur eBay à la recherche d'objets insolites.

Depuis quinze ans, le producteur nettoie la console, enlève la poussière, mais ça fait bien longtemps qu'il a délaissé ce trésor. Ça lui rappelle trop de souvenirs. Il est passé à autre chose. En quelque sorte, Chérif a fait son deuil. Jusqu'à ce qu'il rencontre Cobra… Là, il s'est dit qu'il se passait quelque chose. L'étincelle s'est rallumée. Il a tout de suite eu envie de l'aider. Peut-être parce que le gosse lui fait un peu de la peine. Ou qu'il croit voir dans son regard un peu du jeune homme qu'il a été. Chérif a rallumé les lumières du studio et décidé de redonner vie aux instruments endormis.

Quand Cobra annonce la nouvelle aux copains, il a la gueule d'un ravi de la crèche. Le studio de Chérif est un cadeau inespéré. De l'ordre de l'intervention maraboutesque : « Amour, travail, chance, permis de conduire, désenvoûtement. Aucun cas n'est désespéré. » Grâce à ça, il y a de grandes chances que Swann leur accorde son aide. Pour remercier Chérif de sa générosité, il lui apporte des dattes, du pain matlouh, des crêpes mhajeb, des produits qu'il trouve chez les épiciers du quartier qui font importer ça du Maghreb. Il sonne, le cœur battant. Chérif lui ouvre, une veste sur les épaules.

— Pose ça là, un taxi nous attend.

Cobra obtempère, intrigué.

— Où on va ? se renseigne-t-il depuis la banquette arrière.

Le taxi les dépose à la Goutte d'Or, dans une ruelle reculée. Ils s'introduisent dans un café discret. Des types âgés discutent en arabe, une chicha sur la table. Le serveur remue les braises à l'aide d'une pince en acier. Au fond, des musiciens s'installent. Chérif commande deux bières et part saluer le patron. Cobra se poste dans un coin. Il observe le bar se remplir. On sent que tout le monde se connaît et que l'endroit constitue un lieu de vie important pour la communauté du quartier. Le guitariste s'installe. Bientôt suivi par le chanteur et par le percussionniste qui manie un instrument que Cobra n'a jamais vu auparavant. Chérif le rejoint, une bière à la main, « tiens c'est pour toi ». Puis le concert commence. Le chanteur déchire la nuit de sa mélopée enjôleuse. Cobra est époustouflé par cette musique au goût de souffre.

À la fin du concert, Chérif va le saluer. Le chanteur l'accueille d'une grande tape dans le dos. Chérif s'écrie :

— Cobra, viens ! Je vais te présenter.

Le jeune homme s'approche intimidé :

— Sohan, je te présente Cobra. Un jeune qui veut se lancer dans la musique !

— C'est ton nouveau poulain ? lance Sohan goguenard, tendant la main vers Cobra. Enchanté Cobra ! Tu es entre de bonnes mains ! jetant un sourire à Chérif.

— Cobra, c'est ton vrai nom ? il enchérit.

— Non, non, je m'appelle Enzo, bafouille le petiot. C'est le blase que j'ai choisi quand j'avais douze ans et que je me suis inscrit pour la première fois sur Soundcloud. Et puis depuis c'est resté... Enzo, pour devenir une star de la chanson, ça le faisait moyen..., il ajoute en rougissant.

Sohan part d'un grand éclat de rire.

— Je vois qu'il a déjà tout compris le gamin !

Cobra ne sait où se mettre. Il murmure :

— C'était trop beau ce que vous avez chanté. Ça m'a vraiment ému.

Sohan le remercie puis se tournant vers Chérif :

— Je dois dîner avec les musiciens là mais on essaie de se voir bientôt ? En souvenir du bon vieux temps ?

Dehors, la plénitude de la nuit contraste avec la nostalgie mâtinée de violence à laquelle Cobra et Chérif ont assisté. Ils descendent le boulevard de Magenta silencieux, cheminant côte à côte, chacun plongé dans ses pensées. Cobra, n'y tenant plus, balbutie :

— Chérif, dis-moi, c'est qui Sohan ? Il chante trop bien ! J'en ai jamais entendu parler !

— Sohan faisait partie d'une bande de musiciens il y a trente ans, répond Chérif. À l'époque, il fréquentait tout un crew d'artistes de Mantes-la-Jolie. C'était un copain de Brahim, tu vois qui c'est Brahim ?

Cobra hoche la tête.

— Brahim, c'est moi qui l'ai découvert. Son père était ouvrier dans les usines Renault de Boulogne-Billancourt. Sa mère faisait des ménages. Ils étaient originaires d'Algérie. Il chantait dans un groupe. Un ami m'avait dit qu'il était extraordinaire. Je suis passé les voir un soir et j'ai été scotché par son talent. Je lui ai tout de suite proposé de le manager. À l'époque, Brahim traînait avec plusieurs mecs dont Sohan que tu as vu ce soir. Ils se connaissent depuis toujours. Ils faisaient la même chose. Ils jouaient dans des MJC, des trucs sociaux pas terribles. On a réussi à faire signer Brahim dans une grande maison de disques tout de suite, mais pour les autres, ça a été plus compliqué… Les managers ne voulaient rien entendre. Ils avaient peur que Sohan fasse de l'ombre au petit prince du raï dont le succès était assuré. Alors, qu'est-ce qu'ils ont fait ? Ils sont allés voir Sohan un matin et ils l'ont signé. Imagine la chose de son côté. Un jour, t'as une maison de disques qui t'appelle. Ils te disent : « J'ai entendu ce que tu fais, c'est énorme !

Tu vas être le prochain Brahim. Viens, on te signe. » Le gars débarque ventre à terre. Il signe un contrat sans réfléchir, sur dix ans parce qu'il est un peu con, avec des clauses à n'en plus finir, des droits de regard. Voilà, après il part chez lui, il fait son album. Il l'amène x mois plus tard. On lui dit OK cool. Et après ça, plus de nouvelles, plus rien. Il attend, une semaine, un mois, six mois… Personne ne le rappelle. Il ne comprend pas. Entre temps, il a déjà dépensé son avance parce qu'il a payé le champagne à tout le monde. Il va devenir une star ! Il finit par appeler. Le producteur est jamais là. Le mec qui lui disait qu'il allait être le prochain Brahim ne répond plus. Sohan va faire le pied de grue à la maison de disques. On le fait attendre des heures. Il ne comprend pas ce qu'il se passe. Il finit enfin par avoir un mec. Il lui dit « ouais mais là ton album, ça va pas… Il faut changer ci et ça. Écoute change ci et ça, et puis on en reparle ! » Il retourne en studio. Il se dit « bon OK patience ». Et ça dure et ça dure… On lui dit sans cesse que ça va pas, ça va pas, ça va pas. Et Sohan devient fou. Il se met en tête de récupérer son contrat et il rentre dans des combats juridiques qu'il ne peut pas gagner parce qu'en face ils ont cent millions d'euros et lui n'a rien. Ils ont quarante avocats et lui n'en connaît même pas un. Et résultat des courses, qu'est-ce qu'il s'est passé ? Il n'a pas fait d'ombre à Brahim ! Pendant ce temps-là, lui, sa carrière, on l'a pas développée. Et puis un jour, Sohan se réveille de ce truc. Il a encore un an et demi de contrat. Il ne peut pas récupérer sa musique. Elle appartient aux autres. Il ne peut pas utiliser son nom ailleurs. Il ne peut rien faire. Il est coincé. Il se perd dans des démarches juridiques. Et des histoires comme ça il y en a des millions !

Cobra tend l'oreille, sidéré.

— Ils lui ont fait ça ? Mais c'est un putain de chanteur, je l'ai entendu ! C'est dégueulasse !

— C'est comme ça dans la musique, ils sont sans pitié. Ils peuvent t'enterrer en un claquement de doigts, et Chérif fait claquer les siens.

Cobra garde le silence. Ils sont arrivés à Strasbourg - Saint-Denis et il a la nausée.

— Et après ça, il a fait quoi Sohan ?

— Rien, répond Chérif. Il avait un CAP d'électricien. Il a repris son métier et la musique c'est devenu un passe-temps à côté. Il joue encore dans des petits bars du nord de Paris, comme ça, pour pas perdre la main. C'est pour ça qu'il faut être bien entouré quand tu fais de la musique. Ce métier il est dur, et beaucoup en sortent broyés.

19.

Depuis le siège arrière de la voiture, Margaux observe les derniers rayons du soleil d'octobre, cet astre masqué de blanc, achever leur course sur les eaux troubles de la Seine. La voiture file à vive allure sous la lumière clignotante des lampadaires du pont de l'Alma. Dans un chatoiement funeste, le jour s'éteint à deux pas de l'avenue Montaigne. Le jour se meurt pareil dans les faubourgs et les beaux quartiers. L'humanité a en partage la naissance du crépuscule.

Le taxi vient se garer devant les colonnes de marbre éclairées par des stroboscopes lumineux. Une musique étouffée émane de l'endroit. Un beat aguicheur qui la happe. Margaux a été invitée à jouer au Palais de Tokyo pour le lancement d'une collab' d'une célèbre marque de sportswear. Une « collection capsule » en série limitée. Un de ces événements qui brasse la fine fleur. L'ambiance est un peu minet du Drugstore mais il y a un gros billet à la clé. Encore une idée d'Alex. Margaux s'est forcée à y aller.

Elle s'extirpe du taxi et vient plaquer sa robe lamée emportée par le vent contre son corps svelte. De l'autre côté du véhicule émerge Lola. Ses cheveux sont secoués par la brise. Elle porte du rouge à lèvres. Les deux jeunes femmes se dirigent vers l'imposante entrée. Margaux indique au mec de l'accueil qu'elle est à la recherche d'Alex. Le type babille dans un talkie-walkie puis pointe du doigt une porte dérobée.

Sur la terrasse surplombant le Dôme, entre les bas-reliefs et les dalles fêlées, la fête bat son plein. Les enceintes tremblent. Le sound system hurle le nom de la marque sponsor toutes les dix secondes. Les *night people* s'agglutinent aux colonnes de marbre du Palais euphoriques et enivrés. *Beaux bizarres en smokings blanc cassé* et blondes douteuses s'effleurent près du bar, se risquant à quelques pas de danse face à une horde de kids survoltés. Près de la cabine, un écriteau indique « Prière de ne pas nourrir le DJ ». À gauche du dancefloor, un stand propose de se faire poser le sigle du mécène sur les dents. C'est la mode des grillz et toutes les minettes du XVIe, fans de Travis Scott et d'A$AP, ont des sourires en diamant.

Margaux commande des boissons tandis que Lola traverse la foule en direction des toilettes. Elle va se poster près de la rambarde surplombant le Dôme et tire une clope de son paquet. Dix briquets se brandissent en sa direction. Margaux décline poliment, laissant échapper un rire cristallin. Elle bat des cils à toute allure. Sur ses paupières est écrit « *Send nudes* ». Bientôt elle fera chanter les machines. Sur le line-up, elle est prévue en closing.

Alex est introuvable. Probablement en compagnie de Pablo Escobar. Les yeux rivés à la Dame de Fer, celle qui clignote la nuit comme une boule à facette désuète, la *Dancing Queen* pense à Cobra qui devait se joindre à la sauterie. Hélas, il a accompagné French dans une virée digging. L'escapade s'est éternisée et ils sont encore coincés dans les bouchons à l'heure où Margaux s'accoude au garde-fou. Entre deux clignements des yeux, juste avant que la paupière ne caresse l'iris, n'humecte la cornée et ne chasse la poussière, Margaux émet le vœu, sur la tête de la tour Eiffel, qu'un jour Paris leur appartiendrait.

À l'autre bout du spot, Lola fait la queue des chiottes, tendant l'oreille aux conversations des filles, la plupart éméchées. Beaucoup parlent de mecs. À base de « il m'a pas rappelée, je fais quoi ? ». Quelques-unes se remaquillent. Une rousse pleure à chaudes larmes. « Il y a combien de calories dans un taz ? » Lola se demande ce qu'elle fout là. Margaux l'a suppliée de l'accompagner. Lola a consenti, contre son gré, pour lui faire plaisir bien qu'au fond, elle déteste ce genre de soirées. Elle trouve que mixer à cet endroit revient à enterrer la techno. En chemin, elle a vaguement dit un truc à Margaux genre « michto ».

Lola fait partie de cette nouvelle génération de kids dopés aux raves en banlieue dans des warehouses, des hangars désaffectés de la petite couronne réaffectés à la défonce, à la musique brutale et aux premiers émois. Amatrice de comportements à risque, d'adrénaline et de sensations fortes, Lola a le goût des marges et des cachets bleutés. Pour elle, les soirées de centre-ville n'ont plus rien à apporter. C'est au-delà du périph', à Pantin ou Aubervilliers, que les choses se passent, dans ces tripots sauvages où on peut danser seins nus, baiser des meufs dans un coin, prendre des ecstas. Seul l'éclat dans le regard de Margaux, penchée sur les platines, les doigts vibrants au rythme de la musique, ses hanches de naïades se balançant en cadence, l'égaie.

Lola sort des toilettes. La musique s'est adoucie. À peine un frémissement. Devant le miroir, une jeune fille superbe se recoiffe. Lola la reconnaît immédiatement. Il s'agit de Joanna. Sa robe surmonte des jambes d'Amazone. La meuf est super belle. Soudain, le beat s'accélère. Le bruit étouffé d'une musique langoureuse parvient à leurs oreilles. Une voix sensuelle murmure « *Ass, titties, ass-n-titties Ass ass titties titties, ass-n-titties* ». La tension est montée d'un cran. La prima donna fait la moue devant la glace pendant que sa copine met du rouge à lèvres.

— Alors avec Alex, ça dit quoi ?

Ses cheveux bouclés s'agitent tandis qu'elle hoche son joli minois.

— On part la semaine prochaine à Berlin pour une tournée de deux mois dans toute l'Europe.

Sa copine lui répond :

— Mais attends, Alex, il manageait pas une autre fille ? Comment elle s'appelle déjà ? Marie... Marion...

Lola tend l'oreille, tout en se lavant les mains. Joanna rétorque :

— Margaux ! Ouais en fait il trouve qu'elle est naze. Elle percera jamais il a dit.

— Et du coup pour la Concrete, c'est réglé ?

— Grave ! Il m'a booké avant l'été.

Lola manque s'étrangler. Ah le bâtard, elle pense. Il se passe un délire. Alex n'en a rien à faire de Margaux... Aucune intention de l'aider. Tout ça c'était de la flûte. Les mecs sont tous les mêmes. Lola fend la foule pour aller prévenir l'intéressée.

Sur son estrade, le DJ a les yeux exorbités. Les murs de marbre tremblent en osmose. Les fêtards s'abandonnent à une danse lascive faite de mouvements syncopés. Chorégraphie souple et frénétique de hanches, bras caressant les airs, geste aérien de cheveux lâchés, dans une espèce de symbiose sexy provocante. Des chemisiers s'ouvrent sur des poitrines ardentes. Des langues s'effleurent. Les gestes se font plus intenses. Une énergie charnelle a pris le contrôle. La foule paraît envoûtée. Les enceintes continuent de scander « *When I see ass, titties, ass-n-titties. Ass, ass, titties, titties, ass-n-titties* ». Tout d'un coup, l'ambiance s'est décoincée. L'air est hot hot hot. Les mecs observent médusés. Les filles s'abandonnent à vivre. Ocytocine en surdose.

— On y va, lâche Margaux dégoûtée.

Lola vient de tout lui expliquer. Alex s'est bien foutu de sa gueule. Margaux a *le vide au cœur*. Elle repense à sa conversation avec Ellis. Le chanteur de Diva a raison. Elle doit changer de booker, envoyer chier Alex, aller voir ailleurs…

— Je le déteste. C'est vraiment un connard. Hors de question que je mixe ce soir.

Lola, cynique, admet :

— C'est clair que si on s'en va maintenant, il va se retrouver dans la merde…

Alors que la soirée atteint son climax, elles s'empressent d'appeler un Uber. Quand elles quittent l'enceinte de la teuf, le son puissant d'un orgasme résonne. On raconte que ce soir-là les murs tremblent jusqu'au fin fond de Passy.

Alors que Margaux surveille l'arrivée du chauffeur VTC sur son téléphone portable, Lola s'écrie :

— C'est celui-là son scooter ? pointant du doigt une Vespa bleue garée juste à côté.

— Euh, ouais, je crois…, murmure Margaux incertaine. Qu'est-ce que tu fais ?

Ni une, ni deux, Lola extirpe ses clés et court vers l'engin. Le crissement des clés sur la carrosserie fait tourner la tête du videur. Mais trop tard, le mal est fait. Lola balance essoufflée :

— Bien fait pour ta gueule, mon gâté.

Lola est un enfant du cagnard, née sous le soleil brûlant de Marseille, elle a le sang chaud.

Les filles sont presque arrivées à Strasbourg – Saint-Denis lorsque le téléphone de Margaux se met à vibrer dare-dare.

— Putain, mais t'es où ?… C'est quoi ce plan, là ?… Tu me fous bien dans la merde… Tu déconnes… T'es vraiment une conne, Margaux… Tu me le paieras… Je vais faire en sorte que tu rejoues plus jamais sur Paname…

Le taxi les dépose en bas de l'immeuble. Les deux filles s'échouent sur le canapé.

— Alex doit pas être bien, se marre Lola. Il doit pleurer tous ses morts.

Margaux explose de rire devant l'audace de sa pote. Griffer la carrosserie comme une panthère. Même Grace Jones n'aurait pas osé faire ça. En plus, sa Vespa c'est toute sa vie. Alex doit être effondré. Thelma et Louise peuvent aller se rhabiller.

— Je te mérite pas, mon petit voyou, elle lui dit, avec les yeux pleins de cœurs.

Pendant que Lola prend une douche, Margaux jette un coup d'œil à son GSM. Plusieurs appels manqués. Elle soupire, encore secouée. Elles ont pris la fuite comme Carlos Ghosn. Cette fois-ci, c'est sûr, ça a prématuré sa carrière… Mais Alex a trop déconné. Et Margaux s'en veut hardcore de l'avoir laissé faire. Sur ce coup-là, elle a Ray Charles fort. Et dire qu'elle croyait être amoureuse de lui. Alors que pendant ce temps-là, Alex la poignardait dans le dos ! Margaux a batterie faible dans la tête. Elle a envie de s'ouvrir les veines. Sa carrière est foutue. Elle n'a plus de taff, plus de mec… Elle finit par se ressaisir et écrit : « On a trouvé un studio, est-ce que tu peux venir nous aider ? » Swann répond dans la minute suivante : « C'est party ! »

20.

L'automne est arrivé amenant avec lui son lot de feuilles mortes et de vague à l'âme. Margaux et Cobra ont commencé à dompter les turbines. Mais en dépit de l'opportunité rêvée que constitue l'accès au studio de Chérif, le rappeur a *la bamba triste.* Ses obligations à l'épicerie achevant de lui saper le moral.

Un matin, Ellis se pointe à l'Alimentation du Faubourg au pied levé. Cela fait plusieurs semaines déjà que l'album de Diva est sorti dans les bacs, mais le chanteur poursuit sa promo. Il tourne un reportage pour un média new-yorkais qui souhaite le filmer dans « son habitat » et l'équipe de tournage a décidé de filmer une courte séquence dans une épicerie traditionnelle. Ils passent dans la rue quand ils s'arrêtent devant l'épicerie du père de Cobra. Ellis le salue et lui demande s'il est OK pour filmer. « Ça prendra une demi-heure pas plus, c'est promis » il affirme la bouche en cœur. Pris de court,

Cobra consent un peu contre son gré. Hugo s'en fout complètement. Le daron n'est pas là.

L'équipe entre dans le magasin. La journaliste, une Américaine aux cheveux blonds ondulés « wavy » et au look très Urban Outfitters s'extasie devant les sacs de semoule au kilo, la halva, les feuilles de vignes farcies en boîte de conserve et les bouteilles de Fanta avec l'étiquette écrite en arabe.

Pendant le tournage, l'enfant chéri de la scène parisienne fait son cinéma. Il déblatère en anglais sur le côté « populaire », « transgressif » et « chaotique » du lieu, minaude devant la journaliste qui n'arrête pas de glousser, fait son show à la Ellis, jouant le dandy bohème, sortant de la poche de son manteau en peau retourné un recueil de poésie de Lord Byron tout écorné qu'il se met à lire d'une voix empruntée. Hugo est à la caisse. Il regarde ça de loin, tout en suivant un match de foot sur son téléphone portable, un écouteur dans l'oreille, l'autre vaguement branchée sur la scène qui se déroule devant ses yeux.

Face caméra, Ellis explique dans un anglais mâtiné de français que ce qui attire les artistes à SSD c'est le côté *destroy*, et « lumpenprolétariat » de l'endroit. Il aime côtoyer les zonards, les immigrés. Parle avec affection des SDF, qu'il qualifie de « clochards célestes » et de « Pokémon rares ». Il dit « ici, c'est un peu *Germinal* ». Puis embraie sur le plaisir qu'il a à s'imprégner de cette ambiance à la fois glauque et romantique, quasi mystique qui inspire l'écriture de ses textes.

— *I mean, look around*, dit-il tout en balayant du regard l'Alimentation du Faubourg, *it's so authentic, so rough, it's like* Midnight Express *in 1978*.

La journaliste acquiesce, toutes dents dehors, tout en prenant des notes. Puis Ellis ajoute :

— *The atmosphere is so dark... It has this energy... Like, do you know the movie* Frantic *from Roman Polanski ?*

Hugo lève les yeux au ciel. Cobra reste dans son coin, ne sachant que penser de cette débauche d'inepties. Puis les journalistes remballent leurs affaires et monsieur 100 000 volts vient les saluer.

— Merci les mecs, hein, c'était super ! À la prochaine ! se souvenant à peine que Cobra l'a abordé Chez Jeannette quelques jours plus tôt.

Après son départ, Hugo regarde son frère :

— C'est à ça que tu veux ressembler ? À un bobo qui vient chez les pauvres pour se faire mousser ? Le mec fait genre il fait ses courses ici, mais c'est la première fois que je le vois. Il va chez Monop' lui, pas chez les prolos.

Cobra est dépassé par la scène à laquelle il vient d'assister. Ellis l'a humilié en le faisant jouer au vendeur. Le lendemain, le *New Yorker* publiera un article en ligne sur « ces artistes des marges qui subliment la misère des no-go zones parisiennes ». Cobra en a déjà la nausée.

Après le départ d'Ellis, Hugo observe son petit frère debout sur un escabeau en train de mettre de l'ordre sur une étagère. L'horloge indique midi moins le quart. Le magasin est vide. L'aîné se tourne les pouces. Il détaille la silhouette svelte de Cobra, son jean qui tombe parfaitement au niveau des chevilles, ses petites baskets proprettes, son allure faussement négligée. Il se dit que depuis que le *wunderkind* a fait l'éveil musical, il ne se sent plus pisser. Mais c'est vraiment à l'adolescence que tout a basculé. La fréquentation de French lui a matrixé la tête. Même si c'est grâce à eux qu'ils ont bicrave les codes Canal +, Hugo a toujours eu du mal à blairer French et son frère.

Au collège, Cobra et French traînaient avec Pento et ses potes skaters. Les grands, ceux qui avaient les cheveux longs et étaient au lycée. Ils se prenaient pour des Piss Drunx, lisaient Trasher, et copiaient ce qui se passait à San Diego ou LA. Cobra avait toujours voulu leur ressembler, copier-coller leur dégaine, *rider* dans des chemises en flanelle place de la République, en devisant sur le dernier clip à la mode.

Trigger warning : le skate c'est cool, mais ça coûte des ronds. D'abord, il y a la planche. Il faut raquer. Et puis une fois que tu es équipé, les problèmes ne font que commencer. Parce qu'après la longboard, il te faut les godasses, celles qui sont bien reuch et que tu peux destroy en cinq secondes. Et puis il faut la casquette, la veste, le hoodie, bref, tout le matos. Si tu n'as pas le dernier T-shirt à la mode, un plan B, Santa Monica, ou whatever, tu passes pour un ringard. Leur père n'avait pas les moyens de leur acheter tout ça. Cobra était frustré. Contraint de porter les sapes de son grand frère, des vieux trucs moches et usés, ou des contrefaçons achetées au Portugal qui lui donnaient confusément la sensation de se faire carotter.

Sept ans auparavant, c'était la grande mode de la marque Supreme. Avec son logo imprimé en lettres blanches sur fond rouge, la marque new-yorkaise symbolisait la quintessence du cool. Les ados tremblaient en se rendant dans la boutique du Marais. Terrifiés par les vendeurs, ils faisaient la queue sur le trottoir apeurés. Aller chez Supreme, c'était un peu l'épreuve du feu. Quand tu poussais la porte du magasin, ton cœur s'arrêtait. Là-bas, tu croisais les mecs les plus cool de Paname. Si tu n'avais pas le niveau, tu te faisais piétiner. Cobra y était allé quelques fois avec French. Il avait caressé de la main les vêtements sur les portants. Il aurait tout donné pour s'acheter un truc, un T-shirt, un porte-clés, n'importe quoi. Pourvu qu'il puisse imiter les mecs trop cool qui s'habillaient là-bas. Problème, ces fringues coûtaient une blinde. À presque deux cents balles le T-shirt, Cobra en avait des sueurs froides. Tout ça n'avait aucun sens. Pourtant les sapes rouges et blanches fleurissaient sur le dos des mecs de SSD. Tous ceux qui avaient les moyens d'en acheter en achetaient. Cobra voulait juste être comme les autres.

Peu de temps avant son anniversaire, il avait harcelé son père. C'était ça qu'il voulait. Un bout de tissu estampillé « Supreme ».

— Combien ça coûte ? le daron avait demandé en se raclant la gorge.

— Cent vingt euros, je crois…

— Quoi ? il avait hurlé. *Cala a boca !*

Cobra avait lâché l'affaire. Et puis son anniversaire était arrivé. Cette année-là, il fêtait ses quatorze ans. Il aurait sûrement un coffret DVD ou le dernier Harry Potter. Il était dans sa chambre en train de glander quand son père avait crié son nom :

— Enzo ! Viens voir, j'ai un truc pour toi.

L'adolescent avait accouru fiévreux.

— Qu'est-ce qu'il y a ? il avait jappé comme un chiot.

— Tu vas voir, c'est une surprise.

Le daron lui avait balancé sans le regarder :

— Tiens ton truc est sur le canap', d'un mouvement du menton.

— Quoi t'as acheté un T-shirt ? avait hurlé Cobra, surex'.

— Oui, oui, oui, j'ai acheté les T-shirts, avait répondu le daron en mode grand seigneur. Allez vas-y, *filho da puta*, en plus je t'en ai acheté deux.

Cobra était en transe. Son cœur battait hardos.

— Mais nan, c'est pas vrai !

Il avait couru dans le salon comme un dératé. Ses mains tremblaient. Il déballait le paquet, le souffle coupé. Les emballages jonchaient le sol. Il avait déficelé ça en trente secondes. Entre ses mains trônaient deux magnifiques T-shirts blancs pliés dont on voyait le début du célèbre logo rouge. Cobra avait les larmes aux yeux. C'était le plus beau jour de sa vie. Il en avait déplié un, fébrile à l'idée de le passer. Il se voyait déjà l'exhiber en cours de techno le lendemain à 10 heures.

Quand son regard était tombé sur un détail de l'impression. Le T-shirt était bien estampillé d'un mot blanc sur fond rouge. La typographie était la même. Mais, Cobra avait manqué défaillir. Il n'était pas inscrit Supreme mais « Super ». Le gamin avait bredouillé, la voix chevrotante :

— Mais Papa, c'est pas ça ! C'est quoi cette merde ?

Le daron avait passé la tête dans le salon :

— Qu'est-ce qu'il y a encore ?

Il avait surpris Cobra tenant le T-shirt déplié, à bout de bras, le visage effondré.

— C'est écrit SUPER, Papa. Moi je voulais un Supreme, des trémolos dans la voix, à deux doigts de chialer.

— Quoi S'preme ? avait répondu le daron complètement HS, avec un accent portugais à couper au couteau. Eh bé tu vois pas la différence.

Cobra, qui s'imaginait tellement avec ces T-shirts après en avoir rêvé pendant des semaines, avait éclaté en sanglots. Son dar lui avait offert des contrefaçons de blédards qu'on trouvait dans tous les bazars africains de Strasbourg – Saint-Denis. Le gosse était anéanti. En rentrant ce soir-là, Hugo avait retrouvé les T-shirts dans la poubelle.

Dix ans plus tard, Hugo observe son petit frère sur son escabeau en repensant à cette histoire. L'enfant prodige des castagnettes fait le malin, un chiffon à la main, tout en ôtant la poussière au-dessus du meuble. Il s'imagine déjà dans *Top of The Pops* avec les filles en délire qui crient autour, lui laissent des suçons dans le cou et lui jettent leur culotte sur scène. Dix piges que le gosse lui casse les oreilles avec ses goûts de luxe et ses projets de devenir musicos. La visite d'Ellis lui a rappelé les basiques : leur père *n'est pas un Rolling Stones*. Et ils ne vivent pas dans *La Mélodie du bonheur*.

21.

Depuis quelque temps flotte dans l'air du quartier comme un parfum de lutte des classes. Dans ce Pays de Cocagne qui court de la rue du Paradis au métro Bonne-Nouvelle, là où siégeait l'ancienne cour des miracles, l'entrelacs de rues que l'on a baptisé « Strasbourg – Saint-Denis » est en train de muter. Et le processus est loin de s'arrêter à hauteur de la gare de l'Est. Tous les quartiers nord de la ville sont désormais emportés par cette infection galopante que l'on a baptisée « renchérissement des prix du loyer ».

Et si certains, comme French, ont veillé à préserver l'âme du quartier, organisant des ateliers avec les enfants du coin dans son magasin de disques, sous le contrôle des daronnes qui suivent ça de loin, entre l'antenne trafiquée et le fil à linge, l'implantation de concept-stores et de bars branchés met en péril tout un écosystème. L'Alimentation du Faubourg survit au gré des ans grâce aux efforts du père de Cobra. Mais d'autres échoppes voisines ont déjà dû baisser le rideau pour de bon. Cobra observe, impuissant, un bout de rue s'entre-déchirer. Au milieu de tout ce tumulte, les séances en studio constituent son seul havre de paix.

— Tu as réfléchi à la couleur que tu voulais donner à l'album ?

Swann est passé les voir un soir pour les aider. Cobra n'a pas dormi la veille. Il était si excité à l'idée de travailler avec le jeune loup des studios qu'il en a fait une insomnie, se tournant dans tous les sens sous la couette. Assailli par la nervosité, un peu comme une veille de rentrée scolaire, alors que le cœur fait pompidup parce que l'on n'a pas vu ses copains de l'été, que l'on trépigne et que l'on se demande si on sera dans la même classe qu'Elliot et Noé.

La nuit passée, Margaux, dont le cœur *fait des boums et des bangs* a, quant à elle, potassé *La Production musicale pour les nuls* jusqu'à pas d'heure et s'est butté la tête à des tutos Wikihow sur Internet à base de « comment composer un hit en trente secondes ».

— La couleur… il répète encore face au regard d'incompréhension de Cobra. La texture… la rondeur… la chaleur que tu veux donner à tes morceaux ?

Dix minutes déjà que Swann pose à Cobra des questions existentielles. Le jeune rappeur a le cœur qui se décroche. Il a passé l'été à écrire et composer des maquettes piano-voix. Et il attend justement de Swann qu'il le prenne par la main et l'aide à atteindre un autre horizon musical. Margaux intervient.

— Justement, je pensais que ça serait bien de faire quelque chose de solaire…, elle objecte.

Cobra la remercie en plissant le coin des yeux, heureux que Sœur sourire le tire de l'ornière.

Pour justifier sa présence en studio avec les garçons, la jeune DJ s'est autoproclamée coréalisatrice de l'album. Concrètement, ce nouveau rôle implique qu'elle soit le garant artistique du skeud. « Je vais gérer le choix des sons, les arrangements, les mélodies, la durée des morceaux… », a-t-elle expliqué à Lola. Ça lui permet de mettre la main à la pâte tout en ayant une raison de squatter le studio pour grappiller des infos.

Swann lui sourit et, jetant un œil aux machines alentour, s'écrit :

— Grave ! On va partir de tes démos et essayer de faire quelque chose d'organique…

La première fois que le producteur a mis les pieds dans le studio de Chérif, il a purement et simplement halluciné. L'enfant terrible de la laptop music, la musique conçue sur ordinateur portable grâce à quelques périphériques, une paire d'enceintes, des logiciels et des tutos, batifole au milieu de tout ce bric-à-brac analogique. Dopé au numérique et à l'autotune jusqu'à l'overdose, le Dieu de la souris d'ordinateur se découvre sur le tard une passion pour le hardware, se mettant à manipuler grâce à Chérif des objets qu'il ne connaissait jusqu'alors qu'en photos. Et il adore ! Le deal s'est imposé de lui-même : Swann va les aider à bas coûts, en échange de quoi il a négocié de pouvoir utiliser le matos pour ses projets persos. Cobra a dit « banco ! », trop content de pouvoir s'atteler à la tâche auprès d'un maestro.

Enfermé du matin au soir dans des cabines insonorisées, Swann est un routier des tables de mixage. Il peut passer quinze heures d'affilée à peaufiner un son, le dos cassé en deux devant l'écran de son Mac. Le mec bosse tellement qu'il a fini par dégommer la touche « command » de son ordinateur, celle qu'on utilise le plus pour composer. En un mot, Swann est un producteur d'exception.

— Je vais te faire des playlists, finit-il par lâcher à l'attention d'un Cobra déboussolé. Pour affiner tes références, cultiver ton goût musical et t'aider à trouver une direction…

Quand il rentre du studio à la nuit tombée, Cobra a du mal à s'endormir. Il a les morceaux qui lui trottent dans la tête. L'excitation activant les glandes surrénales. Le système nerveux central est hors de contrôle, les oreilles bourdonnantes du son écouté trop fort, comme en état avancé d'éthylisme musical. Grisé par ces heures passées en studio, étourdi de musique, il ferme les yeux et, dans le noir de la nuit, se faufile un sourire.

22.

C'est l'heure bleue. La cité se pare de ses attributs azurés à mesure que le soleil décline. Plus que trente-six lundis avant l'été, pense Pento qui observe la nuit tomber depuis le comptoir de Chez Jeannette.

Rue d'Enghien, au fond de la cour à gauche, dans la moiteur du studio, Swann s'amuse depuis deux heures à sampler des extraits de chansons de raï qu'il passe ensuite dans un Eventide H3000, un sampler iconique. Lui qui pensait que le raï était un truc has been, qu'on trouvait au rayon musiques du monde à la Fnac, entre la musique andine et le folklore, il s'est pris des grosses gifles en écoutant les cassettes de Chérif à la recherche de ce groove bizarre que produisent les synthétiseurs et les boîtes à rythmes. Depuis, les mômes balancent la tête comme ces jouets en plastique dont le crâne désarticulé sursaute sur la plage arrière des Citroën C5 au son des kicks de 808 et des nappes synthétiques, sous le regard tendre du vieux brandissant un thermos.

Chérif est passé en studio jeter un œil. Il s'assure que tout est OK, leur sert du café et en profite pour glisser une oreille. Le Brian Eno de Barbès ne peut s'empêcher de donner quelques conseils, émaillant ses commentaires de références. À commencer par Rachid Baba, pionnier du raï qui n'a jamais renié l'influence de Jean-Michel Jarre.

— À l'époque la musique synthétique de Baba remportait un franc succès, poursuit Chérif. Tous les éditeurs voulaient bosser avec lui à Tlemcen. On raconte que c'est lui qui a posé les jalons de la house arabe.

Swann l'écoute en extase. Il jette des regards de connivence à Margaux :

— Ça serait très cool d'hybrider la techno et le raï, tu crois pas ?

Puis Chérif s'en va au prétexte de les laisser travailler. Il fait nuit noire. Paris s'est éteinte depuis un moment déjà. Swann cherche aux confins de la toile des sons rares, partant dans des délires, devant Margaux bouche bée et Cobra qui vient de finir ses prises de voix. Ça fait plusieurs soirs que Swann bidouille avec les compresseurs, tâtonne avec le Minitaur, utilise la Studer pour donner de la chaleur à la façon des pionniers des musiques électroniques qui s'improvisaient, il y a soixante ans, magiciens des magnétophones et des bandes magnétiques. Swann se sent libre d'y aller au feeling. Ça lui rappelle ses débuts à la guitare, avant qu'il ne fasse le conservatoire, et que le solfège ne le dégoûte brutalement des instruments. Le jeune beatmaker est en transe. Il a remisé GarageBand au placard et louche sur la MPC, un sampler mythique qui a un défaut de fabrication à l'origine de son succès : son temps de latence, à la source d'un swing inégalable.

Soudain, Margaux bondit :

— Il faut absolument qu'on ait un vrai chanteur de raï ! Pour qu'il nous fasse de vraies voix, pas des sons synthétiques.

Cobra pense tout de suite à Sohan. Il file à tout berzingue chez Chérif pécho son numéro de portable. Swann et Margaux le regardent faire les cent pas dans le froid humide et automnal de la courette de l'immeuble, le téléphone coincé contre l'oreille tout en essayant vainement d'allumer une cigarette de sa main libre.

— Tu vas faire comment avec Alex, alors ? demande Swann à qui Margaux a raconté ses exploits au Palais de Tokyo.

— Pffff, je sais pas… Je suis dans la merde, plus personne ne va vouloir me booker.

Depuis le fameux soir où Lola a rayé son scooter, Alex essaie de ruiner sa réputation. Margaux a bien essayé de démarcher quelques programmateurs mais ils lui ont tous dit non. C'est l'effet microcosme. À la moindre incartade, tu es grillé.

— Ça fait cinq ans que je me bagarre, que je mets mon nom sur des flyers, que je me péta pour essayer de percer dans ce milieu…

Swann répond, elliptique :

— Lâche pas, ça va payer.

Avant d'ajouter, songeur :

— Au fait, je sais pas si tu sais, mais Joanna c'est ma sœur…

Margaux sursaute. Elle est sur le point de dire quelque chose, quand Cobra ouvre la porte du studio, dans un état fiévreux et s'exclame :

— Il nous envoie ça par mail !

Une heure plus tard, Swann télécharge la prise de voix de Sohan via We Transfer. En cercle, les swing kids se rassemblent pour écouter la démo. Cobra vibre tout en caressant le clavier tandis que Swann danse devant la console analogique. Margaux les filme avec son téléphone portable. Sur les coups de minuit, c'est plié. De l'accident né des heures passées à triturer les machines, les trois comparses ont fait naître un miracle.

23.

L'automne s'achève. On ne trouve plus beaucoup de marrons à ramasser dans les squares. L'euphorie des teintes ambrées a cédé la place à la lassitude des matins froids. Déjà s'annonce l'hiver. Le corps humain se prépare aux mains gercées. Margaux passe son temps à passer un stick sur ses lèvres. Les séances au studio sont des moments de chaleur couronnant des journées glacées. Cobra se tient à la caisse de l'Alimentation du Faubourg, boutique ouverte à tous les courants d'air, une doudoune manche courte endossée sur une polaire. Il pratique le « layering » sans le savoir. La lumière des jours est blanche et spectrale. Le soleil se couche tôt. Vers 17 heures, c'est déjà la nuit et on allume l'électricité. Cobra attend encore une heure ou deux puis il remballe les étals et court au studio. Là-bas, le temps est comme ajourné.

Peut-être est-ce l'odeur des plantes lorsqu'il entre dans la cour de l'immeuble, l'humus gorgé de sève qui dégage ce parfum corsé. Peut-être est-ce le calme, l'ambiance ouatée, qu'ont certaines cours parisiennes où les bruits du dehors nous parviennent tamisés. Dès qu'il passe la porte cochère, le jeune homme bombe le torse et redresse les épaules.

Les musiciens recherchent toujours un endroit magique pour enregistrer les voix. Le studio de Chérif dégage une vibe. Swann l'a senti tout de suite. Il existe des lieux comme celui-là où peuvent se produire des instants de grâce. Cela tient à cette odeur particulière, à une atmosphère feutrée, à la lumière chaude des spots qui donne à l'ensemble un grain velouté. Être en studio les électrise. Margaux, Swann et Cobra s'y sentent comme dans un laboratoire.

Swann a la lumière au bout des doigts. Le jeune producteur débarque en studio avec toute sa fraîcheur. Leur raconte ses petites histoires. Il apporte dans leur quotidien de la légèreté. Parce que, du haut de ses trente ans, le mec est déjà un vieux roublard. Les tables de mixage, il les a poncées. Il s'est usé les doigts sur des boutons de réglage.

À son contact, Margaux commence à capter les techniques. Il y a quelque chose de jouissif à apprivoiser les machines. Elle n'a pas encore les skills, mais ça viendra. La nuit tombe. Cobra monte chez Chérif avant de partir faire Uber Eats. Swann reste en studio. Margaux traîne dans ses pattes. Elle s'étire comme un chat.

— Et du coup, pour le break au milieu du morceau tu fais comment ? Et ça, c'est quoi ? T'as fait comment sur l'album de Joanna ?

Depuis qu'elle sait que Joanna est sa sœur, Margaux ne lui lâche plus les basques. Elle insiste pour qu'il lui fasse écouter l'EP qu'ils ont composé de consort. Au départ, Swann s'y oppose. Loyauté, il dit. J'ai promis. Tu comprends. Blablabla. Mais Margaux lui fait les yeux de biches.

— Allez, steuplé. Juste comme ça.

Swann abdique :

— Bon, OK.

Il balance la sauce. Ils sont deux dans le studio. Il est 22 heures passées. Un type traverse la cour avec un vélo. Autrement, le silence est complet. Soudain, un son inédit se répand dans la pièce. Une décharge auditive comme un spasme. C'est sexuel, animal. Le beat est envoûtant. La voix est torride. Le son hypnotise. Le track est strié de paroles lancinantes. Le morceau s'appelle « Orgasmique ». Margaux flashe instantanément. « Putain, ça tue ! » Son cœur crépite comme un flash.

La *diva du dancing* se met en tête de faire un track aussi puissant. Lui parle de ses idoles. De Moroder, de François de Roubaix, de John Carpenter. Swann rit :

— C'est ce que disent tous ceux qui se lancent dans la musique ! Tu dois forger ton propre style.

Margaux rougit.

— Ça prend du temps.

Il lui fait écouter le premier EP qu'il a sorti il y a douze ans. Il avait tellement honte à l'époque qu'il avait pris un alias.

Margaux se prend au jeu. Elle aussi veut mettre tout le monde d'accord. Alors elle le tanne pour qu'il l'assiste et, le soir venu, elle rentre chez elle, allume un joint et fait de la musique jusque très tard. Et puis *la sirène en mal d'amour* cesse son rififi sur les platines. Elle prend la pose, canarde son doux minois et poste sur les réseaux, à destination de ses fans : « Studio time. *Late night vibe.* À bientôt mes splendeurs. On mettra le feu au Macumba. »

24.

En fin de soirée, après les sessions studio, Cobra monte chez Chérif. La première fois pour lui rendre les clés du local. Télémaque toque à la porte et trouve Mentor le visage défait. *France Soir* vient d'annoncer la mort d'une ancienne vedette, un chanteur de variété que tout le monde a oublié mais que le vieux producteur a connu dans sa jeunesse. La nouvelle de sa mort le dévaste. Ça tire des larmes de crocodiles au grand fauve. Il a *les bleus au cœur*, l'âme ecchymose. Chérif s'enquille les reportages rétrospectifs à la télévision.

Surpris par la visite du kid, il éteint le poste cathodique et propose d'écouter quelques vinyles en hommage au crooner. Cobra essaie de s'en aller. Il murmure « vélo en bas », « on m'attend », « livraisons », mais Chérif ne veut rien entendre. Il dit :

— Je te ferai pas payer le studio pour cette fois, t'en fais pas, bien conscient de dealer un remède à la solitude contre une centaine d'euros.

Ça tire-bouchonne un peu de vin. Ça fume des brunes à la fumée alcaline. Deux heures plus tard, Cobra est assis en tailleur dans un coin, les oreilles aux aguets. Il calfeutre le crève-cœur, étanche sa solitude. *Le lion n'est pas mort, ce soir.* Il a retrouvé un peu de saveur à la vie. Puis les visites prennent la patine de l'habitude. Cobra, qui s'asseyait au bord du canapé, gêné, s'enfonce dans la méridienne. Il se guide tout seul dans l'appartement, se sert à manger dans le frigo, ôte ses chaussures. Le bambino a pris ses aises.

Plusieurs fois, il passe déposer les clés au vieux puis file prendre sa course à bicyclette. Enchaînant la triple journée – épicerie, studio, vélo –, il fait le tour du cadran sur les genoux, mais soulagé que sa carrière musicale progresse. Parfois, Chérif insiste pour qu'il reste. Il négocie sa présence contre un rabais, murmure des « t'inquiète, on va s'arranger », prenant peu à peu goût à ces visites qui égayent ses fins de journée. Le producteur ne se l'avoue pas, mais il attend parfois ces entrevues pendant des heures. En un mot, il s'est attaché.

— Ça te parle la bossa-nova ? Tu connais Sun Ra ? Et Manu Dibango ? Attends, je vais te faire écouter…, dit Chérif qui s'empresse d'aller récupérer le microsillon du Papagroove camerounais, sur l'étagère.

Cobra l'observe, debout sur la pointe des pieds en train de parcourir les rayonnages. Il sourit poliment, même s'il a l'impression de devoir passer un blind test à chaque fois qu'il monte, le vieux le travaillant au corps pour connaître le degré de sérieux de son attachement à la musique.

— Et Brel, tu vois qui c'est ? poursuit Chérif les yeux plongés dans sa discothèque.

Cobra se marre :

— Bah oui, quand même, faut pas déconner.

Dos au gamin, le nez dans les pochettes en carton, Chérif esquisse un sourire. Ce môme est décidément épatant. Rien que le fait qu'il lui joue « Les paradis perdus » de Christophe au piano, lors de la première rencontre, ça lui a mis la puce à l'oreille. Un soir, Cobra lui parle de l'amour de son père pour le fado, cette musique traditionnelle portugaise dont la sentimentalité vous ravage l'âme. Ce jour-là, Chérif comprend que le gosse est un fou du son. Pas un de ces kids survitaminés dopé à l'Eurodance ou à la pop javellisée. Mais un vrai mélomane. Ça se sent à des détails. À la tonalité de la voix. À un zeste d'exaltation. Chez lui, la musique résonne un peu plus que chez les autres. Cobra lui parle de la drill, du grime, de la trap, les nouveaux courants à la mode dans le rap. Le vieux fait les gros yeux en écoutant les gros beats 808. Les deux hommes nouent autour de la musique une relation étroite. À travers les morceaux, ils font connaissance.

Ce soir-là, Cobra est accompagné de French. Depuis qu'il lui a parlé de la collection de vinyles du patron, le jeune disquaire l'assaille de question. Il tombe des nues devant les piles de galettes, en proie à la fièvre du digging, la maladie qui le ronge comme la lèpre. Alors que Chérif se lance dans tout un laïus sur la sono mondiale, les débuts de la world music, le kuduro, la pop tamoule et l'électro chaâbi égyptienne, French s'excite :

— J'ai écouté ! J'aime trop !

Cobra se tourne vers lui interrogatif.

— J'ai des disques à la boutique, je te montrerai.

Cobra lui adresse un sourire tendre. Des années que French est sa bibliothèque musicale.

Le jeune rappeur suit Chérif dans la cuisine, à la recherche d'une bouteille de vin, pendant que French plonge le nez dans les montagnes de disques qui garnissent les murs du salon. Comme Cobra quelques semaines plus tôt, le vinyle junky ne peut s'empêcher d'explorer chaque recoin. Tel un camé en mal de dope. Transpiration excessive, regard fuyant, mains qui tremblent.

Il y a des lieux qui figurent des *paradis perdus*. L'odeur, l'atmosphère, un détail – le bruit du parquet près de la porte, la façon délicate dont la lumière caresse un coin du tapis en fin d'après-midi, les piqûres sur le tain d'un miroir. French a toujours aimé aller chez les gens. Non pas seulement trouver un disque, mais partir à la recherche d'une histoire, se plonger dans les méandres. Une archéologie des menues existences. Pendant qu'il arpente les piles de disques, Cobra s'apprête à s'en aller prendre sa course. Mais une fois encore, Chérif en a décidé autrement. Le vieux se sent triste. Il dégoise :

— Dans la musique, on a vite tendance à enterrer les gens. Si tu ne fais pas de morceau ou que tu disparais pendant un temps, tout le monde pense que t'es mort. Et il suffit que tu reviennes avec le morceau qui met tout le monde d'accord pour qu'on se dise que tu n'as jamais cessé d'être là.

Chérif est en proie à la mélancolie. Maurice lui a rendu visite dans l'après-midi. Le wannabe Eddy Barclay du raï l'a encore fatigué avec ses histoires de plateformes de streaming. Il a dit que Spotify avait à cœur d'enrichir son catalogue de musiques arabes. Puis a balancé des mots random tels que « retombées financière », « marché mûr », « très rentable ». Chérif a haussé les épaules. Ces choses-là, il s'en moque. Lui qui a toujours prôné l'indépendance ne goûte que très peu aux systèmes à la Ponzi du music mercato.

— Ça te fait pas chier que ton catalogue sombre dans l'oubli ? a fini par balancé Maurice à bout de souffle.

Chérif a poliment dit non puis il l'a guidé vers la sortie. Le reste de l'après-midi, il l'a passé prostré, attendant vainement une visite du kid.

Après le départ des garçons, Chérif reste dans le salon, absorbé. Les photos qu'il a déballées, éparpillées sur le parquet l'auréolent. Chérif se sent triste, un peu vidé. L'appartement est soudain calme. Dehors, il fait nuit. Une lumière ambrée émane de l'appartement d'en face. Le départ de French et Cobra a laissé comme un vide.

Il promène le regard dans la pièce alentour. À côté des tableaux et des magnétos à bande, des posters, des livres, et des photographies encadrées, un pan du salon est strié de coloris diaprés. Du sol au plafond, le mur est recouvert de disques vinyles aux tranches colorées. On y aventure la main, caressant le carton, s'aventurant à en tirer un à soi, le contemplant, sortant parfois le disque, au besoin, que l'on vient délicatement déposer sur la platine. Se tient là, embrassé, tout un pan de l'histoire musicale dans une étreinte anachronique singulière mais déconcertante. Le raï enlace le jazz qui étreint des morceaux de punk et ceint de la funk dans une sorte de partouze musicale lascive, quasi obscène.

Chérif a accumulé sur ces quelques étagères des années de découvertes, des disques produits par ses soins, offerts, ou négociés. Des lambeaux de souvenirs ici juxtaposés.

Des bribes de sa vie, fragments de son passé de producteur, mais aussi instants volés. Son regard tombe sur le disque qu'il avait mis pour séduire son ex-femme, le morceau préféré de Christophe, son fils, quand il était petit, la chanson qu'il a écoutée en boucle quand Sylvie l'a quitté, les refrains dans lesquels il s'est réfugié pour éponger la solitude, les couplets des matins gais que l'on écoute en faisant brûler le café et les ritournelles heureuses, celles moins souriantes, toutes ces mélodies qui ont accompagné sa vie, l'ont ponctuée, agrémentée, adoucie ou rendue plus salée.

Vestiges du raï dont les reliques s'entassent, tels des lambeaux d'une époque révolue sur les cloisons du salon. Épaves, débris, carcasses musicales que le vieil homme a préservées de l'érosion du temps dans un appartement qui se veut mausolée. Entreprise fétichiste de sauvegarde mâtinée d'une once de ridicule, d'un fragment de nostalgie et de la crainte surtout de perdre avec elle un peu de son lustre passé.

Soudain, Chérif tressaute, comme revenu à ses esprits. Il balaie du regard l'étrange mélange de reliques, jauge avec cynisme cet assemblage de vieilleries et s'aperçoit que ce sont des objets tristes. Qu'ils ne l'excitent plus.

25.

Il y a à Barbès un ancien disquaire qui s'appelle Oasis. On y accède en remontant le boulevard de la Chapelle, après avoir longé les hammams, les mosquées clandestines et les boutiques de robes de mariées. Il faut prendre soin d'éviter les vendeurs de cigarettes à la sauvette car on murmure que le tabac est coupé au plomb ou à la sciure de bois. Plus loin, le fumet du maïs que l'on fait griller sur des caddies défoncés caresse les narines tandis que d'une main experte on saisit les pamphlets de marabouts qui vous sont gracieusement délivrés.

Olivier, le patron de Chez Jeannette, patiente devant Oasis, l'air préoccupé. À deux pas des vitrines roses et blanches de Tati, des groupes de jeunes Algériens se retrouvent pour discuter ou récupérer leur courrier dans des bars qui font office de boîte aux lettres à ceux qui n'ont pas d'adresse attitrée. Olivier n'y prête pas attention. Le dernier nabab frétille, surexcité à l'idée d'entrer dans la boutique, conscient que lui et André sont sur le point de conclure le deal de l'année. Bientôt, ils réaliseront leur rêve le plus cher : figurer en couverture du guide *Fooding.*

Cela fait plusieurs mois déjà qu'Olivier et André prospectent, à l'affût d'un lieu Paris intramuros à la hauteur de leur projet. Olivier rêve d'une brasserie coquette. André d'un nouveau bar branché. Les deux magnats de l'immobilier ont convenu de fusionner les deux dans une guinguette raffinée. Ils en ont visité des endroits, gares SNCF désaffectées, restaurants délabrés, cinémas de quartier endettés, mais aucun de ces espaces ne les a véritablement séduits. Trop chers, trop déglingués, trop éloignés. Ils sont sur le point de renoncer quand une nuit, au détour d'une conversation lors d'un dîner, un ami de la fac, leur révèle, un peu saoul, qu'un ancien disquaire cherche repreneur pas loin de Pigalle, à Barbès.

L'ami en question vient de racheter un peu plus haut, à Anvers, une boutique de fripes Guerrisol, où il a ouvert une boulangerie baptisée sobrement Noisette. Plus haut, c'est l'Élysée-Montmartre, l'ancienne salle de spectacle du boulevard de Rochechouart, qui s'est transformée en salle de sport high-tech. Pilates, yoga, sound bath. À Pigalle, si on remonte encore, les projets de reconversion des sex-shops en fermes urbaines pullulent. Les vidéos stores sont devenus des points relais. Les épiceries bios poussent comme des champignons tandis que les anciennes maisons closes se transforment en crèche Montessori. Pigalle se modernise au rythme de l'implantation des familles aisées. Finis les spots crades, les recoins sombres, les rabatteurs des peep-shows vous interpellant sur le trottoir la nuit, les gars louches en imperméables tachés qui s'engouffrent dans les boutiques sado-maso. Place au familial, au convivial. Combo yoga, thé vert, bento. Le quartier est devenu « bienveillant ».

Alors que de nombreux disquaires se sont reconvertis dans la vente de téléphonie mobile, liquidant leurs stocks à des prix défiant toute concurrence, Aziz a résisté pendant quinze ans, après avoir soldé les cassettes et les vinyles que plus personne n'écoutait. Quinze ans qu'il vivote, économie de bouts de chandelles, tandis que le souk business périclite. Mais la hausse des loyers a eu raison de lui et Aziz a abdiqué. Harcelé par l'Urssaf, en mauvais termes avec sa banque, il cherche un repreneur pour cet endroit gigantesque où s'entassent désormais des valises low-cost et des articles au rabais. Dès qu'ils ont eu vent de ce plan, les deux *moguls* se sont précipités. Les opportunités comme celles-là ne sont pas légion.

André finit par arriver, le menton engoncé dans le col en velours côtelé de sa veste Barbour. Côte à côte, André et Olivier passent pour deux frères tant ils ont adopté au fil des ans le même flegme raffiné propre aux enfants terribles des faubourgs parisiens. Ils s'engouffrent dans le magasin reconverti en concept-store de narguilés, de tours Eiffel de pacotille et de Nokia 3310. Le magasin est très grand et occupe plusieurs étages. Au rez-de-chaussée, des valises sont alignées au sol en rangées. Sur les étalages, s'amoncellent des objets en inox hétéroclites en une composition panachée. Et, bien qu'il apparaisse évident qu'il leur incombera de nettoyer les écuries d'Augias, André s'y projette déjà : au rez-de-chaussée service en salle, brunch familial le week-end, saucisse-purée, bistrot, café. L'odeur du macchiato lui chatouille déjà les narines. À l'étage, un bar où seront servis des cocktails recherchés aux noms exotiques et où mixeront des DJ. Une verrière, peut-être. « Un écrin de l'art de vivre à la française », écrira-t-on dans *Vogue* d'ici quelques mois. André s'en frotte déjà les mains.

— J'adore Barbès. Ça me fait toujours penser au sketch des Inconnus, dit André.

— Ils vont produire une série Netflix sur le quartier bientôt, non ?

Aziz hausse les épaules. Les trois hommes boivent du thé à la menthe. On parle travaux, voisinage, notaire, frais d'agence. André dégaine un mètre-ruban de sa poche. Il arpente l'espace en prenant des notes, négocie, parlemente, tandis qu'Olivier examine le bail à la loupe. Les entrepreneurs chevronnés dealent à tout va, comme si était venu le Jugement dernier. Beaucoup de promesses sont échangées. Et puis à l'heure du départ, on se sépare émus, un peu ivres d'espérance. Sur le trottoir, André et Olivier se lancent un regard complice. Ils l'ont trouvé leur endroit !

Pour Aziz, la vente du magasin est un soulagement. Il va enfin pouvoir aller couler ses vieux jours au soleil, dans l'immense villa qu'il s'est fait construire au bled. Les repreneurs ont l'air sérieux. La promesse de vente sera bientôt signée. En même temps, il a de la peine. Ce business c'est toute sa vie. Le céder est un déchirement. Il le fait un peu à reculons, le couteau sous la gorge. Surtout, il redoute la réaction de Chérif, Maurice et Sohan quand il annoncera la nouvelle au reste de la bande.

Avec la vente d'Oasis, c'est toute la géopolitique d'un quartier qui se trouve bouleversée. La transformation d'un des plus importants disquaires de raï en un bar branché marque la fin de l'épopée des musiques orientales à la Goutte d'Or. Fragile tectonique des plaques qui voit des quartiers entiers muter au rythme des reprises de bail et des départs de foyers, en un mouvement géologique complexe. La composition démographique d'un quartier est une science mouvante, un fluide incontrôlé, en perpétuelle dérive des continents. Le visage de Paris se redessinant au gré de ces vagues de sédimentations.

Les deux amis s'embrassent. André est speed. Il dit « je t'appelle », s'empressant de héler un taxi pour se rendre à un rendez-vous avec son banquier. Il est sur un gros biz de boutiques de CBD, la verte sans THC, qui pousse comme un champignon là où bourgeonnaient peu de temps auparavant les vapoteuses, les bars à dents ou à UV. Il parle déjà d'ouvrir des boutiques de Londres à Biarritz. Après son départ, Olivier reste pensif quelques minutes face à la devanture d'Oasis. Tout s'est déroulé comme il l'espérait. Peut-être qu'après ça, ils pourront racheter le Bouillon Chartier, Bofinger et, qui sait, La Closerie des Lilas, le Lipp… Il pianote quelques mots par texto pour remercier son pote du tuyau puis se hâte de récupérer son scooter direction Strasbourg – Saint-Denis, où il compte bien annoncer la nouvelle à Pento. Le môme va être content : Olivier entend lui proposer le poste de manager de leur nouveau troquet.

26.

Sous le néon jaunâtre « Chez Jeannette », surmontant le comptoir, Pento est occupé à consoler Ellis complètement torché près du bar. Le chanteur de Diva vient de se faire larguer par sa dernière conquête et pleurniche derrière ses lunettes de soleil. En proie au désespoir, Ellis s'est rasé la tête. De loin, on dirait Robert de Niro dans *Taxi Driver*.

— Elle m'a quitté parce que, je cite – le bourreau des cœurs fait le signe de grands guillemets théâtraux avec les mains –, je fais trop ma diva ! Nan mais je rêve ! C'est un comble.

Il rit jaune, un rire carnassier et trébuchant. Son coude glisse du comptoir. Ellis manque de se viander. Il demande à Pento de lui servir un autre whisky, mais ce dernier, pris de pitié, décide plutôt de le raccompagner chez lui. Il fait signe à Lola.

— Tu peux me remplacer ?

Ses yeux sont implorants. Pento se dit que c'est l'occasion ou jamais de parler à Ellis de ses idées pour le clip. Il enfile un manteau et le guide vers la sortie. Ils portent tous deux le crâne nu et un bombardier sur le dos. De son poste d'observation, Lola a du mal à discerner qui est qui.

Tout le long du trajet, Ellis, qui a passé son bras autour du cou de Pento, titube en parlant de Vic, son ex, une actrice.

— On était sur le point d'emménager ensemble. On parlait de fonder une famille, d'avoir un gosse. Je suis dévasté…

Les zazous finissent par arriver devant un immeuble déglingos rue de Paradis. Un clochard dort sur un matelas à quelques mètres. Ellis pousse la porte cochère, tape un code et s'engouffre dans un minuscule ascenseur où il ne peut s'empêcher de se reluquer dans la glace tandis que Pento est serré à l'arrière. Ellis vit dans un immense atelier d'artiste où les murs sont recouverts de peintures fauves à la Matisse et de tapisseries sous une immense verrière. Un chat angora se prélasse sur un coin de canapé. Le chanteur bredouille un truc comme « c'est l'appartement de mon grand-père ». Pento le dépose sur la causeuse et s'apprête à s'en aller mais le chanteur le retient.

— Me laisse pas s'il te plaît…

Les jolis cœurs boivent du whisky. Pento n'aime pas particulièrement ça, mais il voit que ça lui fait plaisir. Alors il se ressert. Il avale un peu de liquide qu'il fait tourner sous la langue. La liqueur est ambrée. Elle a des teintes boisées. Ça fait déjà deux heures qu'ils discutent dans le salon. La cuite est douce. L'alcool réchauffe l'intérieur. Dehors, c'est la tempête. Le vent fracasse les arbres. Les vitres tremblent. Ici on est bien. Il fait chaud.

Ellis lui parle de son enfance. Il joue avec son verre, allume cigarette sur cigarette. Sa voix tremble tandis qu'ils parlent de leurs années collège. L'enfant du rock se met à nu. Il prend des voix extravagantes pour imiter le prof de musique à l'époque. « Vous ne serez jamais musicien Monsieur Bergman ! » avant d'éclater de rire. « S'il savait le con. »

Le noceur titube. Se cogne un peu aux murs tout en lui parlant de son père. Un dandy des lettres. Dans l'entrée, il ouvre un placard en bois, se met à genoux, et exhume du fond de l'armoire une vieille boîte rectangulaire. Il souffle dessus, la poussière s'envole. Le carton s'entrouvre. À l'intérieur, une paire de Weston. Ellis attrape les socques.

— Ses préférées.

Ça le fait rêver, ce souci du détail. Candeur désarmante. Pento lit entre les lignes. Il comprend à demi-mot la tristesse, les regrets, l'absence.

— Je savais pas.

— Ouais, il est mort il y a deux ans. Mais on ne se connaissait pas vraiment. Il a refait sa vie à Ibiza. On se voyait de temps en temps.

Ellis lui explique que c'est à cause de lui qu'il est attaché à la flamboyante. C'est pour ça qu'il est devenu chanteur. Il a toujours adoré le côté crâneur du show-biz. Avoir une certaine dégaine, porter des costards, les nanas, les cigares, les grosses bagnoles. Un peu à rebours de son temps.

— Aujourd'hui, il faut être simple. On se fait chier.

Lui aime la frime, ça a un petit charme désuet. Faire le poseur, ça apporte une épice.

— Vic a rien compris cette garce, il dit. Elle m'a traité de maniéré. Elle a dit que je faisais ma vedette, que je passais plus de temps qu'elle à me préparer. Elle arrêtait pas de m'embrouiller avec ça. Elle disait « j'ai l'impression que t'es la meuf dans le couple ». C'est pour ça qu'elle m'a quitté…

L'alcool aidant. On en vient aux confidences. Pento comprend mieux le grotesque, les strass, les filles, les paillettes. C'est sa délicatesse à lui. Une manière toute singulière d'être dans son époque. Ellis marque un silence. Pento bondit sur l'occasion pour lui parler du clip. Il dit :

— J'ai réfléchi. J'ai des idées.

Cela fait des semaines déjà qu'il est sur le projet. Pour une fois qu'il s'investit dans un truc. Lui, d'ordinaire si tire-au-flanc, s'est mis à faire des repérages. Il a même conçu une ébauche de scénar'. Pento est sur le point de lui en parler lorsqu'Ellis est pris de renvoi. Le chanteur se redresse, met la main devant la bouche et se précipite vers les toilettes. Pento l'entend dégueuler toute sa bile dans les WC. Il s'approche et demande « ça va ? ». Ellis régurgite à nouveau. Des litres d'alcool remontant de l'œsophage. Il expulse le whisky, rend les olives vertes, vomit sur la cuvette des toilettes, en fout même un peu sur les chaussures de Pento. Mal à l'aise, celui-ci s'essuie avec du papier. Après tout, ils ne sont pas vraiment potes. C'est presque gênant cet excès d'intimité. Ellis a la langue pâteuse. Le visage complètement vert. Pento l'aide de son bras. Il l'accompagne jusqu'au canapé. Ellis avale un peu d'eau, reprend des couleurs. À moitié endormi, il débite sans réfléchir :

— Tu vois Pento, je te l'ai jamais dit, *slurp*, mais ce que j'admire chez toi c'est vraiment ton côté nonchalant…

Il hoquette un peu.

— C'est marrant parce qu'il y a quelque chose de désespéré chez toi qui est profondément sincère. On voit bien que tu avances sans te poser de questions. Tu as ton petit train-train. Tu te lèves le matin, tu vas bosser Chez Jeannette. Tu as ta petite routine. Tu te suffis de ça. C'est très peu, mais ça te convient. T'attends vraiment rien de la vie en fait… Le soir, tu vas à Répu filmer tes potes et faire du skate. Tu fais tes vidéos dans ton coin. Tu sais qu'elles ne seront jamais diffusées, que tu seras jamais célèbre, mais tu fais ça pour la beauté du geste. C'est *genre* hyper courageux quoi. Y a aucun calcul et, du coup, c'est super touchant… Tu t'en branles de rester serveur toute ta vie. T'as pas d'ambition. Tu te contentes de vivre. Je trouve ça poétique ! J'aimerais trop avoir ton insouciance… Cette légèreté de gosse… Ça doit venir du skate, ce côté profondément désespéré que tu as, ce truc du sublime loser, du perdant magnifique…

Ellis achève sa phrase dans un chuchotement. Deux secondes plus tard, il ronfle sur le canapé. Pento n'a pas dit un mot durant toute sa tirade. Il dépose délicatement un plaid sur le chanteur et s'en va sur la pointe des pieds. Le Tony Alva de carton-pâte dévale les escaliers. Au rez-de-chaussée, la minuterie s'éteint. Il tâtonne à la recherche de l'interrupteur, finit par le trouver, enclenche l'éclairage de sa main et se trouve nez à nez avec son reflet dans un miroir en pied. Stupéfait, il s'aperçoit qu'il a pleuré.

27.

La nuit tombe sur le faubourg, cette nuit d'hiver, compacte, glacée et enveloppante, propre au mois de janvier. Margaux pousse la porte du studio. Face à elle, Cobra est penché sur son ordinateur, un casque sur les oreilles. Il l'aperçoit dans le reflet de son écran bleuté, ôte son casque et lui décoche un sourire comme une flèche.

Ça fait des heures que l'étoile montante du rap se bute à des kits de sample qu'il trouve en ligne. Margaux s'approche pour lui faire la bise. Elle aperçoit un énorme livre trônant près de la console. Cobra lui montre la première de couverture : *Presets. Devenez un expert en banques de sons pour synthétiseurs.*

Swann dort, recroquevillé sur le canapé, la capuche de son pull gris baissée sur la tête, en position fœtale. Le jeune producteur s'est effondré sur la méridienne après avoir passé des heures à chercher un son de synthé sur son ordinateur. Cobra l'a épuisé, répétant ad vitam aeternam les variations tirées des banques de sons préenregistrées livrées avec le clavier électrique. Lessivé, Swann a lâché l'affaire à la quarantième tentative. Il s'est allongé, fermant les yeux deux secondes avant de s'abandonner carrément aux bras de Morpheus.

Réveillé par le bruit, le producteur ouvre un œil et fixe Margaux les paupières mi-closes.

— J'ai oublié ma clé USB. Faites comme si j'étais pas là !

Swann en profite pour se redresser, posant les pieds à terre, se frottant les tempes. Il tangue encore de sommeil.

— Je vais pas tarder, moi aussi. On a bien taffé pour aujourd'hui et j'ai promis à une pote de passer pour son anniv' dans un bar rue Saint-Maur.

Il enfile son blouson, jette ses affaires en vrac dans son sac et fait un signe de la main à Cobra. « On se capte. » Et ils sortent dans le froid, un courant d'air glacé s'infiltrant dans le studio tandis qu'ils s'enfoncent dans l'obscurité où seul luit le bout de la cigarette aux lèvres de Swann.

Cobra les regarde s'éloigner. Depuis que Swann l'aide sur ses compos, Margaux ne le quitte pas d'une semelle. Cobra les a surpris plusieurs fois discutant à voix basse. L'équipe de choc peaufine des tubes dans son coin, en attendant d'être découverts façon tremplin Ricard. Pour elle comme pour Cobra, bientôt le hit-parade.

Des semaines maintenant qu'ils ont pris possession du studio. Lui et Margaux n'ont de cesse de poster des photos sur les réseaux sociaux, se mettant en scène devant les machines, l'air habité. Gros plans sur la console, montagnes de câbles, focus sur les enceintes. Ces instantanés « *behind the scenes* », dans les coulisses, participant, par leur accumulation, à une impression d'ensemble studieuse savamment étudiée. Ils ponctuent les clichés de légendes calculées : « *Where the magic happens* », « *making music* », « *cooking something* », « *coming soon* » à grand renfort de paillettes, d'arc-en-ciel et de poussière de fée. Lola a fini par lâcher à Pento qu'elle en avait marre de cette surenchère : « Calme tes potes. On a compris qu'ils bossaient. » Ce à quoi Pento a rétorqué hilare : « Le métier, le métier. 7 jours sur 7 le studio, tu le sais. »

Cobra dispose désormais d'une vingtaine de morceaux. Au fil du temps, il a trouvé sa patte. Swann ne passe plus que de temps à autre écouter et fignoler le travail. Comme ce soir, où Cobra bloquait sur l'arrangement d'un track, incapable de trouver l'accord adéquat. Swann a fait un détour pour pécho du matos et le guider, lui qui est un chantre de la musique au mètre. En vain. Cobra a pris plaisir à ces explorations musicales. Se délectant des prises de tête et des déambulations au sein du labyrinthe sonore gisant dans son crâne. Au point d'user le jeune producteur jusqu'à la moelle.

Cobra se penche sur le bord de son siège et replonge tête la première dans son ordinateur. Le loop de piano est trop beau mais cette foutue basse… Ça sonne vraiment trop cheap… Des heures qu'il tombe sur un bec de gaz… Il essaie un dernier plugin, utilisant quelques effets sonores, mais le son lui déplaît. Dépité, il soupire, rouvre l'encyclopédie trônant sur la table et s'immerge dans les pages noircies d'entretiens d'ingénieurs du son à la recherche d'un miracle.

Au dehors, la pluie bat contre les fenêtres. Une marée de gouttelettes fines et insidieuses martelant le verre. Cobra reste ainsi affairé une heure. Puis fatigué, il envoie un texto à Chérif : « Est-ce que je peux passer ? Je craque… »

28.

Quatre étages plus haut, Chérif dispose des olives vertes dans un bol. *Papa Mambo* a décidé d'annoncer à Cobra qu'il ne lui ferait plus payer le studio. La situation n'est pas viable. Il voit le gamin s'épuiser dans des tournées de livraison à vélo, à tel point que plus d'une fois il l'a surpris endormi sur la console. Le vieux producteur a réfléchi. Après une énième visite de Maurice, le fin limier de l'édition phonographique, Chérif va accepter de lui vendre son catalogue. À contrecœur, certes, mais ça lui permettra d'aider le môme. Enthousiaste, il s'enfile les graines ovoïdes en attendant que le minot sonne à la porte.

Comme souvent, Chérif a tendu un drap dans le salon et branché le projecteur 35 mm. Plus d'une fois, ils ont passé la soirée à regarder les images qui ont bercé la vie du producteur. *Mauvais sang*, *Tchao Pantin*, *Préparez vos mouchoirs*… Des films sombres, punks, violents comme seules ont su en produire les années 1980. Cobra est fasciné par la déviance douce de Patrick Dewaere et amoureux du regard fou d'Isabelle Adjani.

Ce soir-là, Chérif a prévu de lui montrer *Le Grand Bleu.* « Comment ça tu l'as jamais vu ? C'est un classique ! » il tranche, imposant le film au gosse qui fait la moue. Cobra est arrivé sur le coup de 22 heures, des cernes violets sous les yeux. Il a pris place sur le sofa et se laisse bercer par la faconde de Cicérone.

Le film a commencé depuis à peine trente secondes. Cobra est en train de lécher sa cuillère pleine de glace chocolat-pistache quand il suspend son geste.

— Tu peux revenir en arrière ? il s'exclame, pointant du menton la télécommande.

Chérif obtempère. Il rembobine la pellicule lorsque Cobra crie :

— Arrête !

Il a flashé sur la bande originale qui lui fait dans le corps comme une décharge électrique.

— Non mais c'est dingue ! C'est quoi ces basses ?

Il pianote comme un fou sur son téléphone portable, tombe sur un forum qu'il parcourt en diagonale, lit entre les lignes, synthé, Eric Serra, DX7, nappes… Il hurle : « Putain mais c'est ce son qu'il me faut ! » se dresse, plante Chérif et file au studio.

Le vieux le regarde s'en aller avec stupéfaction. Il a l'impression de se revoir quarante ans plus tôt.

Le lendemain soir, Cobra passe en vitesse voir le chef. Ça fait *tchikiboum* dans sa tête. Il lui balance du tac-au-tac :

— J'ai réfléchi et j'en ai parlé avec Swann. L'album, on va le faire en reprenant les basses que tu m'as fait écouter hier soir. J'ai poncé Eric Serra toute la journée. Je suis trop fan.

C'est armé de cette énergie nouvelle qu'il traverse la nuit glacée de janvier. La température est passée en dessous de zéro et Cobra est emmitouflé dans une grosse doudoune noire. Un bonnet enfoncé sur les oreilles. De la buée s'échappant de ses narines. Il est aux alentours d'1 heure du matin et le jeune homme se presse de rentrer chez lui. Les lumières des néons au fronton des bars répandent leur lumière tremblante sur les visages des jeunes gens qui se tiennent serrés, une cigarette à la main.

Cobra a passé la soirée chez Chérif à discuter de ses projets d'avenir. Il s'est pris à rêver de vacances en Espagne une fois l'album terminé, et pourquoi pas de prendre un appartement avec French. Euphorique, il s'est laissé aller pour une fois à envisager le futur autrement. En passant devant Chez Jeannette, il est pris d'un serrement dans la poitrine, un sursaut de joie qui le surprend. Ce quartier est spécial. Il l'aime. C'est sa vie. Grâce à la musique, il s'y sent enfin libre.

Encore ivre de liesse, Cobra parvient chez lui le cœur léger. Il tourne la clé dans la porte. L'appartement est silencieux. Cobra s'avance dans l'entrée, ôte ses chaussures avec le bout de son pied et s'engage dans le couloir. Un halo lumineux émane de la salle de bain. Le reste de l'appartement est plongé dans le noir. La porte de la salle de bain est ouverte. On entend une voix masculine étouffée. Cobra passe le bout de son nez. Il aperçoit son frère devant la glace, se tenant les cheveux en arrière tandis qu'il applique une espèce de pâte sur le dessus de son crâne. Son téléphone portable est posé sur l'étagère de sorte qu'Hugo peut suivre des yeux l'écran tout en procédant à ses manœuvres. La voix poursuit : « On se retrouve aujourd'hui pour une nouvelle vidéo et autant vous dire que vous avez été nombreux à me l'avoir demandée ! Si vous aussi vous avez toujours rêvé d'avoir les cheveux aussi souples, brillants et lisses qu'Ademo de PNL, cette vidéo est pour vous. Oubliez les shampoings de grande surface, les conseils de votre barbier. Je vais vous expliquer en cinq étapes comment faire en sorte que vos cheveux brillent comme ceux de votre rappeur préféré. » Hugo se dévisse la tête pour regarder le minuscule écran, torse nu, concentré. « Je vous mets le lien juste en bas pour les produits dont je vais parler dans la vidéo. » Hugo louche sur l'écran de son portable calé entre le tube de dentifrice et le verre à dent. « Pour un lissage brésilien sans se ruiner, vous pouvez utiliser un kit à la kératine et à l'huile d'argan de la marque *À l'ammoniaque.* » Hugo a séparé ses cheveux en deux à l'aide d'un peigne. Il accroche les mèches du dessus à l'aide d'une pince et s'apprête à étaler le produit sur les mèches inférieures quand Cobra, n'y tenant plus, explose de rire. Hugo se retourne, un peigne à la main. Pris en flag'.

— Tu vas être trop belle comme ça, il dit en rigolant.

— Fils de pute, marmonne Hugo entre ses dents.

Cobra mime le geste d'étaler de la crème sur sa tête. Hugo a le regard noir. Des éclairs passent devant ses yeux.

— Tu rentres de chez l'autre pédé ?

Cobra cesse soudain de rigoler.

— Vous êtes ensemble c'est ça ? Remarque il doit être pété de thunes, quand il clamsera tu pourras peut-être récupérer des trucs.

— Ta gueule.

Hugo, qui a remarqué la tension de son frère, s'excite encore plus.

— J'espère que c'est un bon coup, hein !

Cobra a la mâchoire contractée et essaye du mieux qu'il le peut de conserver son calme.

— On est amis. Il m'aide pour ma musique...

— Ah ouais ? Et pourquoi tu crois qu'il t'aide ? Le mec a une idée derrière la tête, sois pas si con ! rétorque son frère, incapable de calmer le jeu, prenant plaisir à ces embrouilles qu'il génère à chaque fois.

Cobra ne répond pas et file dans sa chambre.

Agité, il tourne en rond. La nervosité lui fragmente le crâne. Cobra déambule dans la pièce la bouche sèche, les mains moites. En proie à des émotions violentes dont il ne sait que faire, il finit par s'asseoir, saisit un calepin et projette sur le papier une écriture de décharge.

29.

« Atlanta ». Ça fait des semaines que Swann n'a plus que ce mot à la bouche. Depuis qu'un rappeur cainri l'a appelé pour lui proposer de collaborer sur son prochain album, la capitale de la Géorgie lui fait des appels du pied. Le Deep South est le nouvel Eldorado des producteurs prodiges du rap français. Swann l'a juré : il termine l'album de Cobra et après ça, *hasta la vista*, il fait ses valises et se taille pour courtiser les gros calibres sous les cocotiers. Exit le rap à l'eau. Le futur c'est la trap. Une musique qui utilise les fréquences les plus basses que l'ouïe puisse entendre pour faire vibrer les dancefloors du monde entier.

Swann a déjà fait quelques allers-retours outre-Atlantique. Ils se sont reniflés. Les mecs là-bas sont des pros. C'est son management qui a dealé ça. En mode : « Fini la deuxième division. On table tout sur la Champions League. » Et puis il y a un billet à la clé et moyen de gratter des connexions avec de grosses pointures. Margaux lui demande :

— Et avec Joanna, c'est réglé ?

— T'en fais pas, on a topé, lui assure Swann.

En France, on n'a pas de pétrole, mais des beatmakers aux doigts de velours que les ricains s'arrachent. De Kanye à Madonna en passant par Miley Cyrus, les frenchies ont la cote. Les pom-pom girls Alpha Delta Gamma trouvent leurs cols roulés et leur accent super sexy. Les *talent scouts* eux sont sensibles à leur vibe européenne groovy. Ça deale des contrats dans tous les sens. Swann pourra vivre sa meilleure vie entourée de bimbos sorties de pub American Apparel au bord de piscines couleur canard WC. Rouler en SUV pendant que le son du dernier rappeur à la mode passe dans les salles de gym où des *desperate housewives* font du vélo elliptique tout en fantasmant sur leur coach sportif. L'American Dream. Avec un grand D. Celui de l'Amérique de Trump version Harmony Korine. Peut-être même que dans trois ans il sortira une collab avec Crocs à son nom, qui sait ?

Là-bas, le soundcloud rap a créé des émules auprès de toute une génération de kids sortis du ventre de leur mère avec une manette de jeu vidéo dans une main et une paire de Nike aux pieds. Des « 2000 » qui produisent des mixtapes comme ils respirent et sont propulsés sur le devant de la scène en 24 heures chrono grâce à la magie de la 5G. Askip c'est là que se joue le futur du rap. Dans les mains de mecs qui se filment sur Periscope en train d'avaler du Xanax, surjouent une thug life à base de fausses bastons filmées sur téléphone portable, et s'appellent tous A$AP ou Lil quelque chose à grand renfort de $ dans leur blase. Tout ce que Cobra déteste.

Il n'a pas tout de suite compris le revirement de Swann. Il s'est dit tous les mêmes. Ça prône l'intégrité. Ça se dit de l'underground. Mais ça ne rêve que d'une chose : faire du jet-ski avec des nanas de dix-neuf ans sorties d'émission de télé réalité ou bouffer des entrecôtes à mille deux cents balles, couvertes de feuilles d'or et assaisonnée par un mec ultra bogoss répondant au doux nom de Salt Bae. Mais Margaux a fini par lui expliquer que tout ça c'était une histoire de billets verts. Swann a en effet le projet de monter un studio à son compte. Une sorte de château Hérouville nouveau genre. Swann a tellement kiffé bosser dans le stud' de Chérif qu'il s'est pris de désir d'en avoir un tout pareil, avec le nec plus ultra du matos, et un architecte pour arrondir les angles. Mais pour ça, il faut des pèzes. Et au lieu de redevenir DJ et d'enchaîner les sets enfumés devant des kids ingérables, Swann s'est dit quoi de mieux que de partir un an ou deux aux States aux frais de la princesse remplir ses poches façon orpailleurs, avant de rentrer au bercail fort de cette expérience et auréolé du sceau de la gloire.

Lui et Cobra ont passé la nuit en studio. Nuit blanche pour fignoler. Au bout d'un moment, Margaux, n'en pouvant plus, a fini par se barrer. Cobra redouble de travail parce qu'il est près de la fin. Swann lui a parlé de son futur studio d'enregistrement toute la nuit. Le producteur voit les choses en grand et il sait déjà que son projet va être un gouffre financier engloutissant toutes ses économies.

— J'ai repéré un endroit dans le IXe ! il annonce à Cobra, plein de zèle. Un ancien gymnase près du boulevard de Clichy. C'est Olivier, le patron de Chez Jeannette qui m'a mis sur le plan…

En sortant du studio, aux aurores, Cobra s'allume une cigarette dans la cour. Les murs de pierre étouffent les bruits de l'extérieur. La rue est silencieuse. On entend à peine deux jeunes types éméchés parlant à voix haute lorsqu'ils passent devant la porte de l'immeuble. Il est aux alentours de 5 heures du matin. Cobra a enregistré des morceaux all-night-long. Swann est parti deux heures plus tôt. Lui est resté pour peaufiner les voix. Il est parti loin, faisant ses pires sons aigus. Il était seul en studio. Personne pour l'entendre, personne pour le juger. Au pire de sa dérive pour trouver la tessiture adaptée. Il s'est plongé dans un état deep pour trouver sa propre vibe. Jusqu'à faire deux, trois trucs où il s'est un peu trop chauffé. Pas grave. Il les enlèvera à la fin.

Swann a bossé dans son coin sur les skits, les intermèdes parlés qu'il a calés entre les morceaux. En hommage à l'amour que porte Cobra à GTA, il s'est buté toutes les radios du jeu vidéo pour retrouver l'extrait du générique de la radio Flash FM de Vice City dont le rappeur lui avait parlé. « *Welcome to the Me Generation* », ça fait. Il l'a samplé et intégré sous la forme d'un intermède de trente secondes. Cobra voulait faire de son album une œuvre d'art. L'ensemble est d'une beauté infinie.

Avec Margaux, ils ont passé un temps fou à sélectionner les titres des morceaux qui figureront sur l'album, composant une sorte de *Mythologies* à la Roland Barthes. Ils égrènent les symboles d'une vie : Gadjo, Gourmette, Billy Elliot, Chaos, Kawazaki, Gazoline, et, le dernier morceau, White Trash. Un chapelet de références aux influences de Cobra, sa vie dans les marges, les matinées passées sur les terrains vagues, les graffitis à la va-vite près des trains, l'urgence et la violence, le chaos et le désespoir. Un assemblage symbolique qui colle à la peau et donne soudain à l'ensemble une cohérence. Comme une histoire qu'on se raconte en surimprimant des mots épars. Lola a dit « trop bien ».

La nuit, le silence est différent. Cobra se tient assis sur une marche à côté de la porte du studio, encore habité par l'énergie de ce qu'il a produit dans l'opacité. C'est le début du printemps. L'air est frais mais il ne fait pas si froid. Le chant rapide et aigu des oiseaux du petit matin l'égaie. La voix des merles se mêle aux cris des pies dans une composition symphonique matinale somptueuse digne de Paris s'éveille, lorsque les voitures se font rares, et que seuls les chauffeurs VTC pressés transpercent les rues vides de la capitale dans leurs berlines silencieuses. Cobra est euphorique. Grisé par le morceau qu'ils ont peaufiné pendant des heures. Ça s'appelle « 351 ». En hommage à l'indicatif téléphonique pour appeler le Portugal. Ce morceau, il l'a écrit pour rappeler qu'il n'oublie pas qui il est et d'où il vient.

En partant, Swann a dit que c'était « grave lourd ». Pour une fois, Cobra est content. Le premier single, il se dit, savourant le goût de ces mots, les faisant rouler sur la langue comme un bonbon sucré. *Mon* premier single, il rectifie, la fierté habitant le parfum tiède et sirupeux de ces quelques phonèmes accolés les uns aux autres. Swann part pour Atlanta dans un mois. Ils doivent tout boucler, lisser ce qu'il y a à lisser, procéder au mixage, au mastering, et après ça zarma, c'est bon, ça sort. Cobra est à la fois excité et transi de peur.

Swann remballe ses affaires quand il lui suggère de prendre un manager.

— D'ici peu, ça va marcher pour toi. Bientôt, tu vas avoir besoin d'une vraie équipe, d'une maison de disques avec des vrais professionnels…

Cobra comprend à demi-mot que Swann lui suggère de prendre ses distances avec le vieux producteur.

— On lui doit quand même le studio, rétorque Cobra qui ne veut pas oublier la dette qu'il a envers son protecteur.

— Écoute, je veux pas être brutal, je sais que tu as de l'amitié pour Chérif, mais le mec est clairement vieux et, soyons honnêtes, il est dépassé. C'est un ringard. Qui écoute du raï ? Qui connaît son travail ? À part deux mecs chez Fip ou *Télérama*. T'es aveuglé parce que tu l'aimes bien mais c'est un peu un has been en vrai. Je pense que ton album, ça va être gros. Le morceau sur lequel on bosse, il peut potentiellement passer en radio. Viens, on va voir les majors. T'es sur aucun label, c'est dommage.

Cobra hésite. Il se dit que Swann n'a pas tort. Le bail est presque bouclé. Ça va être lourd de chez lourd et il sait au fond de lui que ça sera son moment d'ici peu. Il pourra toujours écrire à une maison de disques ou demander à French de l'aider. Mais d'abord finir ce qu'ils ont commencé, aller au bout du bail et après on verra.

Il a la tête dans ses pensées quand il entend une voiture se garer devant l'immeuble suivi d'éclats de voix et du bruit d'une portière qui claque. La silhouette de Chérif apparaît dans l'entrebâillement de la porte cochère, poussant péniblement le battant. Le vieil homme tangue. Il a l'air complètement raide et s'effondre à moitié dans le hall de la cour, son foulard en soie de traviole, la chemise ouverte laissant apparaître quelques centimètres de son torse. Un peu dandy clodo. Il hésite quelques minutes, les yeux vides, puis se dirige vers la porte de l'immeuble, tape avec difficulté sur les touches du digicode, s'y reprenant à deux fois. Les gestes sont fastidieux. Il est visiblement bien éméché. Puis la sonnerie rassurante de la porte qui se débloque retentit. Chérif pousse le battant avec la masse de son corps et s'engage dans les escaliers. Cobra a assisté à la scène tapi dans l'obscurité. Il a observé son ami, lui d'ordinaire si fringant, si mesuré, traverser péniblement les cinq mètres qui le séparent de la rue ivre mort. Et il ne peut s'empêcher de se dire que le vieux lui fait un peu pitié.

30.

Ça a pris Chérif au réveil. Comme ça. Sans prévenir. Il revenait de Barbès où il avait passé la soirée à se lamenter avec Sohan, Aziz et le reste de la bande au sujet de la fermeture d'Oasis. La soirée avait tout d'une réunion de crise de l'OTAN. Beaucoup de simagrées et de drama pour finalement accoucher de pas grand-chose. La disparition du dernier disquaire de la Goutte d'Or a porté un sacré coup à toute la clique. Chérif s'est frotté les tempes, est allé pisser et a envoyé un texto : « Je te file tous mes disques, tu peux passer quand ? »

C'est marrant comme souvent on se voile la face. Vingt ans, déjà, que plus personne n'écoute de raï. Vingt ans que l'utopie de la France black-blanc-beur a été rangée au placard. Il paraît que ça s'est terminé il y a dix ans en Afrique du Sud, dans un bus de l'équipe de France. Et si Paris a pu un jour être consumée par la fièvre des musiques orientales, cette époque-là est révolue depuis longtemps. Pourtant, ce soir-là, tous les vieux de la vieille font semblant de tomber des nues.

— Il paraît qu'on va y ouvrir une brasserie ! s'enflamme Chérif en titubant près du bar.

Le Michel Esteban du raï est vert de rage. La disparition d'Oasis, ce n'est pas seulement un changement de propriétaire, c'est la fin de toute une épopée.

Ça a commencé quand on a rebaptisé la place de Clichy « SoPi » pour « South Pigalle ». On a dégagé les putes, mis de l'ordre dans le quartier et ouvert des épiciers bios gluten free et vegan. Puis on a parlé de « North Pi », et tout Paname a été découpé en tranche comme un saucisson AOC.

On commence à se douter que les choses tournent vinaigre le jour où un journaliste du *Wall Street Journal* pointe le bout de son nez pour faire un papier sur le nouvel « *hot spot* » de la capitale. Bèsbar, avec ses crackheads, ses campements et la revente de clopes à la sauvette, avait par chance échappé jusque-là à l'OPA immobilière. Mais c'était sans compter sur le besoin sans borne de nouveaux concept-stores et de galeries branchés. Entre fermeture des rades par la mairie, transformation des apparts en Airbnb, et irruption d'entrepreneurs sortis de Sup de Co qui se prennent pour Virgil Abloh, Barbès a fini par succomber comme le reste de la ville à cette spéculation crépusculaire. Un strip-tease pas différent de celui qu'a connu SSD cinq ou dix ans plus tôt, le tiéquar se déshabillant au rythme des transactions immobilières finaudes réalisées par des startuppers chevronnés ou de jeunes couples à la recherche de lofts pour y élever leurs cinq enfants : Virgile, Gaïa, Marlow et consorts.

Chérif a les boules. Oasis, il y a traîné ses guêtres pendant des années. Il s'est frotté le cuir aux immigrés d'Algérie venus reconstruire la France et peupler les usines Citroën ou Renault. Et si lui-même n'a pas grandi dans les arrière-boutiques des magasins de disques où les raïmen venaient échanger leurs chansons enregistrées sur des magnétoscopes, deux pistes contre une bouchée de pain, ces histoires-là on les lui a racontées.

Le raï, c'est sa vie. C'est ce qui a fait qu'il est ce qu'il est aujourd'hui. Et ça fait quand même mal au cul d'admettre que tout ça est terminé. Il paraît que Tati est en train de fermer boutique, que les Chebs sont tous en procès et que des diggers bien informés se pointent à Barbès racheter les stocks de disques écoulés à des prix démentiels sur Discogs ou autres sites de reventes en ligne. Alors Chérif appelle un taxi, il titube jusque chez lui et s'effondre sur le canapé. Le lendemain, la gueule de bois est sans pitié. Il envoie un texto à French et lui dit : « Je te file tous mes disques, quand est-ce que tu peux passer ? »

À quelques rues de là, French ronfle sur le canapé du salon. Son téléphone vibre, mais ça ne lui fait ni chaud ni froid. Il est 11 heures. Ces temps-ci, il crèche chez son frère. Il parle de prendre bientôt un appart avec Cobra.

Pento, en caleçon, traverse la pièce pour aller se faire du café. Il verse l'arabica moulu dans la cafetière italienne qu'il pose sur le feu tout en se grattant l'entrejambe. Plus tard, il ira acheter des œufs et du bacon à l'épicerie d'en bas. On est dimanche et il a pris sa journée.

Une masse de cheveux blonds remue sous la couette. Pento lui tend une tasse fumante, l'embrasse sur la joue puis file sous la douche. Margaux, les yeux mi-clos, émerge difficilement des nappes de la nuit. Pesanteur des lendemains de fête. Elle attrape un magazine qui traîne sur la table de chevet, qu'elle balaie tout en lapant son café. Elle ouvre au hasard la revue en papier glacé sur un quizz. « Quel fragile es-tu ? » Elle s'amuse de voir que Pento l'a déjà fait, entourant ses réponses au stylo bic.

> Cette personne vous a tapé dans l'œil sur le dancefloor, et ça vous semble réciproque :
> A. Vous venez vous coller à elle, pour une danse sexy rock'n'roll
> B. Vous l'observez de loin de manière mystérieuse en espérant qu'elle remarque votre petit manège et tombe soudainement amoureuse de vous

C. Vous l'ignorez royalement, c'est encore le meilleur moyen de créer du désir
D. Vous renoncez, de toute façon les filles trop belles, c'est pas pour vous.

Pento crie depuis la douche, la voix un peu étouffée par le bruit de l'eau qui s'abat sur le carrelage :

— Ça te dit qu'on aille se balader aux Buttes-Chaumont cet après-midi ?

— Hum hum, marmonne Margaux les cheveux ébouriffés, poursuivant sa lecture.

Elle tourne la page et regarde les résultats. Pento a entouré un maximum de D.

Résultat : Vous êtes un *super fragile.*
En dépit de vos airs de fuckboi décomplexé, vous êtes un sentimental. Vous attendez l'arrivée de l'être aimé comme le messie et il vous arrive encore de pleurer devant *Coup de foudre à Notting Hill.* Mais rassurez-vous, votre côté fleur bleue participe de votre charme et les filles ont toujours eu un faible pour les mecs attentionnés…

Margaux se marre.

— Ça va ?

Pento se tient devant elle, une serviette nouée à la taille, le torse encore ruisselant. Elle lève les yeux de sa revue. Son regard tombe sur ses bras recouverts de tatouages et tendus de muscles. – T'as pas trop mal dormi ? J'ai pas ronflé ?

Elle fait la moue. Souffle « viens ». Il s'approche du lit. Elle tire la couverture et l'attire à elle.

Margaux frôle les bleus avec la paume de sa main. Elle effleure les griffures au coude, les égratignures, les genoux contusionnés. Elle parcourt les zones escarpées de son corps, tâte les épaules, caresse son torse, s'attarde sur son bas-ventre. Ils se connaissent depuis plus de dix ans mais c'est la première fois qu'elle l'approche de si près. Enfin la première, non, ils ont passé la nuit dernière déjà à s'explorer. Pento a le corps écorché par la pratique du skate. Une anatomie des chutes répétées. Margaux est séduite par ces accidents épidermiques auxquels elle trouve beaucoup de beauté. Ils sont sous la couette. Il est 13 heures passées. Ça fait deux heures qu'ils s'inspectent. Ils n'ont encore rien mangé. Ils se découvrent dans le silence, volent ces instants d'une journée passée à ne rien faire, sinon à se parcourir dans l'intimité. Ça fait un bail que French est parti. Ils ont à peine entendu la porte claquer. Remisant à plus tard une balade dans un parc.

La veille, Pento a fermé le bar un peu tard et sifflé les fonds de bouteille avec Olivier. Le patron avait fait péter le champagne pour fêter l'ouverture prochaine de son nouveau troquet. Il paraît que le spot s'appellera le

Barbès Club. Olivier a proposé à Pento d'en prendre la gérance. Pento a dit pourquoi pas. Marco, son poto qui joue dans un groupe de rock, a balancé :

— Putain mec tu vas enfin faire quelque chose de ta life !

Pento a ébauché un genre de sourire gêné. À l'intérieur, il avait envie de le buter.

Margaux sortait du studio quand elle est passée devant Chez Jeannette. À travers la vitre, elle a aperçu Pento, seul, de dos, les mains sur les hanches, le regard rivé au néon qui surmonte le bar reproduisant en lettres jaunes stylisées le nom du spot. Elle a toqué à la vitre. Pento s'est retourné, un sourire dégainé à la vitesse d'une gâchette. Elle l'a aidé à ranger les coupes vides, les carcasses de victuailles, les restes. Pento lui a servi un peu de champagne dans lequel elle a trempé les lèvres. Ils ont fermé le bar, éteint les lumières, cheminant entre les marres jaunes dégoulinant des lampadaires.

— Ça fait combien de temps qu'on se connaît ? Dix ans ? Douze ans ?

Pento est silencieux. Ils sont presque arrivés en bas de chez lui.

Margaux se rappelle. De la première fois. Entrer dans la chambre d'un mec. Les odeurs. Les posters sur les murs de la chambre. Les revues sur la table de chevet. *Vice*, le magazine qu'on allait récupérer gratuitement dans les skateshops. Les disques qu'il écoutait. Un peu l'ambiance que décrit Kurt Cobain dans *Smells like teen spirit*.

C'est l'époque où Kate Moss sort avec Pete Doherty. Écouter les Strokes est hyper hot et toutes les meufs rêvent d'avoir leur rocker. Pento, avec ses T-shirts blancs, ses Vans et ses genoux écorchés fait carrément le job. Il est grand. Il a une carrure. Il l'ignore. En plus il est au lycée. Quand elle lui adresse la parole, elle a un peu les genoux qui tremblent.

Le fait qu'il l'ignore, ça, ça l'excite. Il faut qu'elle attire son attention. C'est subtil. Ça occupe beaucoup la tête quand on a 15 ans, pas grand-chose à faire de ses journées et les hormones en feu. Pento est un *Sexy Boy*.

Elle se rappelle le soir où ils ont maté *Kids* en DVD. Elle avait mis du gloss. Tendre *Cherry Blossom Girl*. Margaux, en apnée, découvrant ce qu'est le sexe durant la scène d'ouverture du film. Quand les ados se roulent des pelles. La gifle qu'elle se prend. Lui fixe l'écran sans ciller, ne laissant rien transparaître de l'excitation qui le traverse. Elle, transpercée par un désir éruptif et viscéral, une explosion de libido à la fois intime et pulsative. Plus tard, quand elle revoit le film et qu'elle a vingt-cinq ans, elle ne peut s'empêcher de repenser à ce soir-là, assise sur le canapé, un plaid sur ses genoux repliés, la chaleur dans son ventre, et l'envie furieuse de le toucher.

Il paraît qu'on tombe amoureux des autres pour leurs défauts. Elle a toujours admiré Pento pour son air de cancre. C'est la philosophie de la ride. Les skaters ont l'air cool parce qu'ils se foutent de tout. Ils traînent, fument, se mettent torse nu, tiennent les murs, passent des heures à ne rien foutre sinon rider. C'est la vie que Pento a choisi de mener. Comme dans un film de Larry Clark. Margaux trouve ça super sexy cette attitude laid-back. Pento est un enfant de la balle. Elle admire son insouciance. La beauté du geste du skater qui ne réfléchit pas. Il regarde les marches et il saute. S'il se casse le pied, il se casse le pied, mais s'il les passe au moins le geste est beau et c'est ça qu'on retiendra.

Tout ça lui revient dans la gueule tandis qu'ils se tiennent dans le froid à piétiner. Margaux fume cigarette sur cigarette. Elle parle pour ne rien dire, histoire de meubler. En fait, elle a peur.

Il paraît que c'est une affaire de fluide. Une histoire de salive, de peau, de sueur. On dit que tout se joue au moment du premier baiser. Que c'est une affaire de sensations. Parfois, on embrasse quelqu'un et on ne ressent rien. Ça ne peut pas marcher à tous les coups. Ça ne marche d'ailleurs en fait pas très souvent ces trucs-là. Pento bredouille quelque chose comme « bon bah bonne soirée ». Margaux avance pour lui faire la bise et l'embrasse violemment.

Il est bientôt 17 heures. Déjà. Margaux se prélasse. Elle a une énorme flemme. Même parler la fatigue. Quand même elle demande :

— T'en es où avec Ellis ? en bâillant.

Pento ne répond pas. Il se lève pour aller pisser. Debout devant les chiottes, il repense à la soirée de la dernière fois. Il a vraiment trop honte de ce qu'il s'est passé. Il se dit qu'Ellis a raison. Il est un loser. Presque trente ans et l'existence d'un Tamagotchi. Le toit, le couvert et le bail meurt de sa belle mort dès qu'on l'oublie dans un coin.

— C'est dead, il dit, en se glissant dans le lit.

Margaux lui tourne le dos, allongée sur le flanc, vêtue d'une simple culotte en coton. Il caresse ses cuisses du bout des doigts, remontant le long de la courbure de ses fesses, s'attardant au creux des reins.

— Je vais accepter le poste de gérant que me propose Olivier. Les clips, c'est pas pour moi. J'ai pas le level anyway.

— Mais kesturac ? répond Margaux qui se retourne et se love sur le côté.

Échoué tout contre le sien, son corps grimace. Il se contorsionne. Pento observe sa poitrine se soulever au rythme des marées de sa respiration. Son thorax se projette puis se relâche. Stromboli dans la poitrine. Une goutte de sueur se fraie un chemin depuis sa nuque, s'aventure le long du larynx et vient se loger dans le creux de la gorge, entre les os saillants qui couvrent sa trachée. Il suit du regard l'itinéraire de cette goutte d'eau sur l'avant-cœur de la belle assoupie. Le fluide suave caresse, excite, lèche l'épiderme. L'éclat humide baptise le sein, attise à dessein, fait luire le buste, promène, déroute. Arpente, languide, poursuit sa route. Dans un semi-sommeil, elle murmure :

— Tu vas réaliser un clip pour Cobra, OK ?

31.

Hôtel Grand Amour. Coincé entre la gare de l'Est et le haut de SSD, dans une ruelle reculée, qui sent un peu la pisse à y renifler de trop près, le palace branché est le temple de la coolitude. Sur la façade de la pension de la rue de la Fidélité, un néon clignote à côté d'un graff emblématique haut de plusieurs mètres. Un type âgé d'une quarantaine d'années, les manches de son T-shirt retroussées dévoilant subtilement un tatouage marin, s'active, une bombe de peinture à la main. Les filles miaulent. Elles s'agrègent et grappillent l'oxygène qu'il recrache pendant qu'il dessine à la peinture rose un personnage familier.

En face de l'hôtel, de jeunes sans-papiers se retrouvent devant la porte d'un magasin de téléphonie mobile pakistanais. Impressions, photocopies, appel au bled avec la carte rechargeable… Le lieu a autant de flèches à son arc que Colette dans ses grandes années. Les deux mondes se toisent à portée l'un de l'autre sans jamais se rencontrer, si ce n'est sur le pas de la porte de l'appartement des uns, lorsqu'ils commandent un Deliveroo, et que les autres, encore essoufflés par leur course à vélo de dératés, leur rendent la monnaie.

Cobra est au milieu de la rue, à équidistance de ces deux univers. Il hésite un instant, choisi son camp et s'engage vers l'hôtel à pas feutrés. « *Started from the Bottom now we're here.* » Il pousse l'épais rideau rouge qui fait office de sas entre les *normies*, dehors, et la faune de *yuppies* à l'intérieur. Six mois plus tôt, il n'aurait pas osé. Il a retourné sa veste plus vite que Gucci avec Dapper Dan. C'est fou à quel point les choses peuvent vite changer.

À l'intérieur, c'est la folie. Une partie de la salle a été privatisée pour un événement-presse. Un rappeur américain, connu par son seul prénom, privilège de la notoriété, y présente le lancement de sa marque de cosmétiques. Ça s'appelle Pure et le marketing est hyper léché. Les mecs font la queue pour acheter leur skincare routine : *combo cleanser, exfoliator, facial, humidifiyng cream*. Un rituel beauté que Patrick Batman n'aurait certainement pas renié. Les cartes bleues sont dégainées à toute vitesse. Les modeux s'abandonnent à leurs névroses de fashion victim. Une militante anti « fast-fashion » se jette seins nus dans la foule. Les flashs crépitent. Aucun millimètre du lieu n'échappe aux selfies, story, live,

Periscope, TikTok, chaînes YouTube en pagaille. On trébuche sur des trépieds. On se foule la cheville sur les câbles qui traînent au sol. On se fait des croche-pieds pour arriver en premier. On se poignarde dans le dos. Au pays des influenceurs à l'état sauvage, rien de nouveau.

Cobra scanne l'endroit du regard, un peu scotché par ce qu'il voit. Dans la cour, la terrasse arborée offre un écrin aux tonalités rose poudré et vert d'eau. Le décor est bucolique, on se croirait dans une pub pour Jacquemus ou un épisode de *The Simple Life*. Entre les loupiotes dorées, numéro 116 sur le nuancier Pantone, et le mobilier de jardin en osier haut de gamme, l'intelligentsia mondaine sirote des thés glacés maison du bout des lèvres en parlant contrat avec Netflix, projets d'albums et débriefs de défilé. Toutes les filles ressemblent à Laetitia Casta ou à Jeanne Damas. La même faune que Chez Jeannette mais en version prime.

Ici, Cobra est au sommet de l'ascenseur social. Le rooftop. La suite impériale. Il a passé toute sa vie à SSD, mais c'est la première fois qu'il y fout les pieds. Pour tout vous dire, ça ne lui est même jamais passé par la tête. Préférant les bars du bas de la rue, ceux qui sont plus popus, avec la terrasse directement sur le macadam, au contact de l'asphalte, en communion avec le bordel ambiant qu'est SSD. De base, il est plus Manson que Monroe. Dans le jardin intérieur de l'hôtel, on se sent comme dans une parenthèse enchantée. *Alice in Wonderland*, ça vous parle ? On oublie la zone au dehors, le bruit, la crasse. Tout ça est couvert par une musique jazzy buddha bar, des murmures de voix entremêlés, le goût des pancakes au sirop d'érable et le sourire de la jolie serveuse qui s'appelle Vanessa à en croire son badge.

À une table, Cobra aperçoit Ellis attablé avec une fille. Il porte un T-shirt sur lequel est écrit « *You may be talented but you're not Ellis* ». Cobra le salue de la main. C'est le printemps et les oiseaux piaillent entre les plantes grasses. L'ensemble a un air estival. Cobra se poste face à la porte qu'il ne quitte pas des yeux. C'est Swann qui a organisé ce rancard. Il a insisté. Il a dit : « Tu verras, il est sympa. C'est un ami d'enfance. Ça te coûte rien d'y aller. » Cobra parcourt la carte tout en faisant des gros yeux. Il est stressé et ne peut s'empêcher de taper du pied sous la table.

Le jeune artiste est fatigué. Ça fait des semaines qu'il cravache. Il a bossé cet album à en devenir malade. Au bout d'un moment, il ne savait même plus comment il s'appelait, et Swann a fini par lui intimer de faire un break. « Prends du recul, il a dit. Tu te rends même plus compte de la qualité de ce que tu fais. » Des mois à mener une double vie entre son existence diurne de larbin et son travail de nuit de pop star, à tel point qu'il a l'impression d'être dans *Retour vers le futur*, avec les deux Marty McFly. Il y a celui du studio et celui de la vraie vie et il est impératif que les deux revers de la médaille ne se rencontrent jamais.

À quelques tables, Cobra entend sans le vouloir Ellis en train de parler avec sa belle. Le frontman fait la gueule parce qu'il n'est pas dans les Inrocks parmi les « 5 albums à écouter absolument ce week-end ».

— De toute façon je m'en branle, on m'a proposé de partir deux mois en résidence d'artiste à Florence, il dit avec une pointe de dépit dans la voix.

Un mec âgé, assez élégant, barbe poivre et sel, en costard, pénètre dans le café. Il a le charisme de Mark Zuckerberg et l'air de lire les pages saumon. Cobra le guette, se demandant si c'est lui qu'il attend. Le type traverse la pièce, fait mine d'avancer dans sa direction, mais, parvenu, devant une table, s'arrête et fait la bise à une femme. Cobra hausse les épaules. Il commence à être sérieusement stressé. De son rencard, il ne connaît que le prénom et vaguement le rôle de DA dans un label coté.

Sur l'écran de son portable, il voit le nom de Chérif s'afficher. Cobra jette un œil à l'appel et retourne l'écran face contre table. Il a honte mais ce n'est pas la première fois qu'il laisse sonner. Depuis que Swann lui a suggéré de le quitter pour rejoindre une maison de disques, en fait. Cobra a du mal à l'admettre, mais quelque chose s'est défait. Il ne saurait pas dire quoi. Mais il le sent bien, un peu de la magie de leur relation s'est évaporée. Le jeune homme est devenu fuyant. Il ne passe plus que rarement à l'étage, se contentant de fermer la porte du studio discrètement et de tracer sa route dans le noir. La vision de Chérif dépenaillé, titubant, hagard lui est insupportable. Cobra s'est senti trahi. Depuis, il l'évite lâchement. Chérif l'a appelé plusieurs fois, mais c'est plus fort que lui, il n'a pas décroché.

Avec Swann, ils fignolent les derniers morceaux. L'album est presque terminé. Swann se casse dans quelques semaines aux USA. Ce n'est pas le moment de lâcher. C'est la raison pour laquelle il est là aujourd'hui, dans ce bar, à attendre Godot. Vanessa la serveuse lui apporte sa conso sur un joli plateau argenté. Elle lui fait des sourires, mais Cobra n'y prend pas garde, trop occupé à fixer la porte d'entrée.

Soudain, à travers la vitre, il aperçoit son frère entouré de sa bande de potes. Hugo a l'air gai. Il se marre. Ses copains marchent vite, la tête haute. Ils rentrent du terrain de basket. Celui qui est quai de Jemmapes. Au bord du canal Saint-Martin. Le chef de bande tient un ballon marron sous le bras. L'équipe a les fringues trempées de sueur. Un mélange d'endorphine et de transpi qui exhale à dix mètres. Ils ont la dégaine des mecs dans la pub pour Axe bois de santal, pense Cobra.

Par hasard leurs regards se croisent. À travers la vitre. Un peu comme dans un zoo. Hugo s'arrête. Ses amis continuent de marcher en rigolant. Il fixe son frère, sidéré. Hugo est en total look Adidas. Chaussures à crampon Adidas, jogging trois bandes, petite sacoche griffée. Quasi sponsorisé par l'équipementier. De l'autre côté du hublot, Cobra, lui, est vaguement endimanché. Il s'est habillé avec soin, sortant ses plus belles baskets du placard. Il a même mis une veste, le bâtard, pour avoir l'air plus pro. Hugo l'aperçoit assis à une table du très chic hôtel. Entouré de starlettes et de *socialites*. Bizarrement, son frangin ressemble à tous ceux qui l'entourent. Même coupe de cheveux, même attitude, même silhouette. C'est fou, il pense, à quel point il est raccord.

Cobra sursaute. Son pouls s'accélère. Manquait plus que ça. Être pris en flag. Qui plus est par ce faux jeton d'Hugo. Leurs regards se fondent, s'embrassent et s'entremêlent l'espace d'une seconde qui paraît durer des années lumières. Puis Cobra est interrompu par une main qui se pose sur son épaule. Il met en attente le règlement de compte télépathique avec son frère, se retourne et aperçoit une jolie blonde, Saskia, une copine de Swann qui lui demande « qu'est-ce que tu fous là ? » un sourire aux lèvres. Elle lui fait la bise, se met à parler mais Cobra n'écoute pas. Il se tourne à nouveau vers la rue cherchant Hugo des yeux. Le *sheitan* a disparu. Comme un mauvais hologramme de 2PAC, le spectre de son frère s'est volatilisé.

32.

Rue d'Enghien. Chérif regarde l'écran de son téléphone portable amer. Il a la valise RTL sous les yeux et ça fait plusieurs semaines maintenant qu'il n'arrête pas de picoler. Cobra l'évite, il en est sûr. Le vieux producteur est vexé. Alors il s'est rabattu sur French, qui s'est empressé d'accepter son offre de récupérer ses vinyles et ses cassettes.

Dehors, le ciel est radieux. L'air est pur. C'est un air de printemps. Celui qui est javellisé par des mois de froid hivernal et qu'on nous offre vierge et plein d'espoir au début du mois de mai. Chérif sirote une infusion au gingembre citronnée et déambule tel un fantôme dans l'appartement. Il a rassemblé les vinyles dans des sacs poubelles près de l'entrée. On dirait que quelque chose s'est cassé, un petit rien imperceptible, mais quand même. French est gêné. C'est terrible ce que cela peut produire comme effet, le déclassement.

— Tu vois, quand j'ai commencé dans la musique, je n'avais pas du tout de plan de carrière. Les choses se sont faites comme ça. Un peu par hasard…

Chérif est en gueule de bois de l'enfer. Patraque du lendemain de la veille. Clairement, il a déconné. La faute à Sohan qui l'a engrené à faire la tournée des bars. « En souvenir de ». Tu parles. Ils ont fini ivres morts sur le trottoir à Pigalle vers 5 heures du matin. Aziz était fou de joie. Il paraît qu'il a un peu niqué les deux investisseurs qui lui ont racheté la boutique. Une histoire de toiture pourrie qu'ils devront entièrement changer.

Le vieux s'est pris la fermeture d'Oasis sur le coin de la tronche et la nouvelle l'a ravagé. Depuis, il se tape une crise existentielle express. Lui qui a été au raï ce que Guy Lux est à la télévision. LA référence. Il doit bien se rendre à l'évidence, pour lui, c'est terminé. Il se sent désormais aussi utile qu'une étiquette orange sur une paire de Off-White.

— Tu sais, ça a été pareil avec le rock, le jazz, le punk, avant ça… Tu penses que la musique que tu produis va durer toute la vie. Et puis un jour tu te réveilles et t'es devenu un ringard. Tu te retrouves avec des tonnes de disques sur le dos dont tu ne sais pas quoi faire et que tu revends dans des brocantes pour un euro. Alors tu remises les insignes et les T-shirts au placard. Tu fais comme si ça n'avait jamais existé. Tout ça, c'est cyclique.

Un jour, ça sera pareil avec le rap. Là on croit qu'il n'y a que ça. On te met ça en boucle en rotation radio. Jusqu'à avoir envie de dégueuler. Mais la routourne va tourner. Demain, il y aura autre chose et les NTM et compagnie seront relégués aux oubliettes de l'histoire. Dis-toi qu'au moment où je te parle, une bande de gosses de treize, quatorze ans est certainement en train d'inventer un futur courant musical dans un garage dans la banlieue de Seattle ou de Belgrade. Tu imagines l'émotion de ces mômes qui bidouillent sur des machines parce qu'ils se font chier ? Ils poussent les boutons, tâtonnent, improvisent, et soudain tombent sur une sonorité intéressante. Ils ne le savent pas encore, mais ils sont déjà en train de bouleverser l'histoire de la musique…

Décidément, le mec est dans un délire quasi mystique. Déjà le coup des disques dans les sacs-poubelle façon Marie Kondo c'était abusé, mais là, trop c'est trop, se dit French. Il n'a pas le temps pour ce genre de conneries. Il doit retrouver une fille en fin d'après-midi. Une douce qui s'appelle Lilas et qu'il a rencontrée sur une appli de rencontre. Mais Chérif est intarissable. Il a besoin de parler. La discussion se prolonge. Il part dans des trucs deep. On se croirait dans la chanson de Diams. *French assied toi, faut qu'j'te parle, j'ai passé la soirée dans le nooooir…* Le pauvre. Pris en otage, il essaie plusieurs fois de s'en aller, mais le vieux n'y fait pas attention. Trop occupé à écrire un livre dont il est le héros.

— Quand je suis arrivé en France, à la fin des années 1970, il n'y en avait que pour Claude François, Alain Souchon et, de temps à autre, Petula Clark. Mon oncle a été un des premiers en France à importer des cassettes de raï dans son café. Et forcément, ça a tout de suite intrigué les journalistes de Libé qui venaient s'y biturer le soir. Victor Saint Macary était l'un d'entre eux, une de ces personnalités curieuses et excentriques, comme on en croiserait plus tard sur Canal. Il avait le goût de l'exotisme, des liqueurs et des nuits blanches, et aimait tendre l'oreille pour débusquer de nouvelles sonorités.

» Je me souviendrai toute ma vie du soir où il m'a parlé pour la première fois. J'étais derrière le bar en train de nettoyer les verres quand je vois débarquer cette bande de journalistes parisiens gouailleurs qui se lancent des vannes et amusent la galerie. Victor était un peu en retrait, grand, brun, assez pudique. Je le trouvais très élégant avec sa moustache et son pantalon pattes d'eph'. Moi j'étais tout intimidé. Je n'avais alors que dix-sept ans. Il est venu me trouver, me demandant s'il pouvait me racheter la cassette qui était en train de passer. Je lui ai répondu hésitant que mon oncle n'était pas là, mais qu'il pouvait repasser le lendemain et voir ça avec lui.

» Il y a certainement quelque chose en moi qui l'a touché car il a pris l'habitude de toujours venir me parler quand il passait au café. Il devait percevoir, au fond de l'œil, le chatoiement de l'exil, la peine du déracinement pour le jeune Algérien que j'étais, le petit quelque chose de brisé qui loge dans le regard de ceux qui ne savent pas encore qui ils sont, perdus entre un passé auquel ils sont contraints de renoncer et un avenir incertain et tétanisant. J'étais alors si jeune et malléable, d'une naïveté confondante, c'était à pleurer. Tu vois Luke Skywalker au début de *La Guerre des étoiles* ? C'était ça mais en pire. J'avais besoin que quelqu'un me prenne sous son aile et m'aide à me structurer. Victor a joué ce rôle pour moi. Il est devenu en quelque sorte mon Pygmalion.

La fatigue déforme ses traits. L'usure imprègne sa voix. Sans conteste, le vieux producteur est en souffrance. French ne sait pas ce qu'il s'est passé avec Cobra, mais il lit entre les lignes que mentalement il s'est fait les croisés. En même temps, il se laisse bercer par l'histoire que lui raconte Père Castor. C'est la première fois que le vieux se met à nu comme ça. Et ce n'est pas déplaisant de l'écouter. Le bambino envoie un rapide message sur WhatsApp à Lilas : « J'aurai un peu de retard. » Avec la verve féconde, digne des pires heures de Luchini, le dandy en exil poursuit son histoire…

— Un jour, Victor m'a proposé de travailler pour lui. J'ai quitté le bar de mon oncle et je me suis mis à le suivre. Je faisais des petites tâches, comme un assistant. J'étais Snoopy et lui Charlie Brown. En retour, il m'emmenait partout, dans les restaurants, les studios d'enregistrement, les bars. En 1986, nous avons organisé le festival du raï à Bobigny. Je venais de rencontrer Cheikha Rimitti dont je suis devenu l'attaché de presse après avoir passé des mois à la convaincre de ne plus jouer dans les soirées privées et les arrière-salles des cafés de Barbès. Une maison de disques m'a embauché pour devenir assistant producteur. Mais l'époque était au disco et à la variété. Je trouvais ça ringard. Je ne voulais pas finir manager d'Abba. J'ai claqué la porte et fondé ma propre société de production, Bled Musique.

» Le raï explosait dans la France black-blanc-beur. J'étais riche comme Bezos. C'était un peu avant que Cheb Khaled ne sorte son tube Didi. Tout le monde voulait goûter de ces sonorités oranaises mélangées au son des boîtes à rythmes. La France s'ouvrait à la world music. Bizot avait déblayé le terrain. Puis les artistes africains ont envahi la place de Paris, de Manu Dibango à Fela Kuti en passant par Alpha Blondy et Youssou N'Dour. Gainsbarre entonnait la Marseillaise version reggae et l'Hexagone vibrait au rythme de la sono mondiale. Maurice, que tu connais, a flairé le bon filon. Le marlou était à la musique ce que Rocancourt est à la finance. Il démarchait disquaires et producteurs pour faire vivre ces sonorités chantant l'exil, l'amour et le sexe à l'aide de synthétiseurs. Il y allait avec la finesse d'une doudoune Monclerc et le doigté d'un horloger suisse. Rapidement, le raï est devenu branché. Une musique de « tchitchi » il disait. La musique de la jeunesse dorée. Puis les maisons de disques en ont fait un produit grand public, presque une marque de savon. Les majors françaises ne voulaient pas passer à côté des musiques africaines considérées comme une poule aux œufs d'or. Elles m'ont confié le catalogue musiques orientales. Je n'avais même pas trente ans quand j'ai été proclamé « Monsieur Raï ».

Autour d'eux, les étagères vides de disques paraissent bien tristes. Un timide rayon de soleil rend la vie à la poussière qui s'accumule sur les disques d'or. L'appartement pue la défaite. On dirait qu'un peu de son âme s'est envolée. Sur la table basse traîne un cendrier rempli de mégots. Le vieux tousse sans cesse. Il y a des photos sépia entassées au sol. Chérif à la ramasse triste, l'ivrognerie maussade, les souvenirs qui dégorgent. À ce rythme-là, il ferait presque passer Bukowski pour un coach de vie.

— C'était une époque démente. Les maisons de disques recevaient les enfants des bidonvilles de Nanterre et des foyers Sonacotra comme des rois. Dix ans plus tard, Khaled faisait vibrer Central Park tandis que

Cheb Mami ambiançait la mi-temps du Super Bowl. Et puis *Un, deux, trois soleils* a enflammé Bercy. Paris était consumé par la fièvre du raï. On avait surnommé Cheb Hasni « le Boulanger » parce qu'il sortait un disque par jour, comme des baguettes. Les mecs s'enrichissaient. Tout d'un coup, ils exhibaient les chevalières et les vestes coupe Prince de Galles. À Paris, on les prenait pour des Bédouins, pour des tontons du Bled, alors qu'en Algérie ils étaient les rois du désert. Montres en or au poignet, roulant en jeep, les fondateurs de la Barbès-connection écoulaient les cassettes acheminées par bateau depuis le Vieux-Port de Marseille que les gamins s'empressaient de pirater. Les contrats étaient signés n'importe comment, sur des coins de tables, parfois même on concluait les business oralement en fin de soirée, après avoir fini la bouteille de whisky, la main sur la porte de taxi.

» Et puis un jour, tout s'est effondré. En Algérie, les fondamentalistes ont décrété que cette musique était immorale car elle parlait d'amour et de fête. La guerre civile a éclaté. Avec l'assassinat de Cheb Hasni à Oran en pleine décennie noire, le mouvement s'est éteint. Un an plus tard, c'est au tour de Rachid Baba, génial producteur dont je vous ai parlé, de se faire tirer dessus en pleine rue. Après le 11 septembre, les radios américaines arrêtent de diffuser les musiques arabes. Khaled se fait blacklister. En France, plusieurs raïmen sont impliqués dans des scandales de mœurs. La crise du disque porte le coup de grâce. Les morceaux tombent dans l'oubli. Et tous ceux qui ont concouru à cet âge d'or sont engloutis dans ce naufrage. Moi y compris.

» Là, je me suis dit, c'est fini. Je vais disparaître des radars. C'était terrible. J'étais au bord de l'abîme. Mais au début des années 2000, je rencontre Brahim, un jeune homme plein de talent que je décide de produire. Ça prend. On fait des tournées. Moi je fais un come-back inespéré. J'ai presque cinquante ans et la chance d'avoir une deuxième vie. Deux vies, c'est beaucoup dans la musique ! C'est énorme ! Beaucoup n'ont pas cette deuxième chance ! Mais bon ça ne dure pas. Le petit prince du raï est rapidement courtisé par les maisons de disques. Il finit par m'abandonner pour mener sa carrière sous de meilleurs auspices. Je me suis dit qu'après ça c'était terminé. Surtout dans l'industrie du disque qui était en train de changer. Il y a beaucoup de gens de ma génération qui n'ont pas compris, qui n'ont pas réussi à prendre le virage d'Internet. Encore une fois, deux vies, c'est beaucoup dans ce métier. Alors je vivote pendant quinze ans. Je ne fais plus grand-chose. Je déprime. Je crois que je me laisse un peu crever. Et là, boum, je rencontre Cobra ! J'entre dans le rap. Je me suis dit, Chérif, troisième vie !

Le visage de Chérif s'illumine tandis qu'il évoque cette existence d'étoile filante. Une trajectoire accidentée faite de heurts, de chaos, et de rencontres fulgurantes. Il est une poussière cosmique et pourtant, impossible de ne pas être fasciné par cette suite de coups de poker et de coups du sort, cette vie labyrinthique, qui malgré tout compresse l'atmosphère, produit un halo et laisse dans son sillage une trace lumineuse comme un astre.

33.

Cobra est parti pour la villa Noailles la veille. Invité à performer dans un showcase arty en marge du festival de la mode et de la photographie, il s'est empressé de faire ses bagages et d'embarquer avec lui French et la bande pour un week-end au grand air. Une idée de Charles, son nouveau manager. Ça t'ouvrira à un public plus en phase, il a dit. Ça fait deux jours qu'il poste photos sur photos, un verre de vin naturel sans sulfite à la main, l'air radieux, pieds nus, ou en Birkenstock, le visage caressé par le soleil chaud. Rappeur bohème. Hugo suit ça sur les réseaux. Son frère s'est transformé en Eddy de Pretto. Au daron, il a même offert des adilettes premium. Hugo a la haine.

Ce jour-là, l'aîné se tient derrière la caisse de l'Alimentation du Faubourg. Son père lui a laissé la gestion du magasin pour son rendez-vous annuel chez l'urologue. Le magasin est désert. Hugo se fait chier comme un rat mort. Il est 14 heures. Dehors, il fait super beau. C'est le début de l'été et tout le monde est dans les squares. Hugo s'enfile des graines de tournesol grillées qu'il digère à la pelle et dont il casse l'écorce sous la dent. Cinq minutes qu'il suit une mouche du regard. Il lui a même donné un blase. La frangine tourne autour du bac de féta. Il essaie de la dégager avec une tapette. Mais elle ne se laisse pas faire. Il est à deux doigts de lui balancer un pot de miel quand une jeune femme passe le pas de la porte. Il s'agit d'Anissa, la petite Anissa, la fille de Madame Zerkaoui. Celle qui est en L1 de LEA, a des jolies fossettes et les cheveux super longs et lisses, presque aussi soyeux que lui. Elle est belle comme un cœur. Ressemble un peu à Wejdene. Bref, Hugo la kiffe. Depuis genre un an. Il l'a repérée plusieurs fois au magasin, toujours accompagnée de sa sœur ou de sa mère. Ce jour-là, elle est seule et elle lui sourit timidement. Hugo la suit des yeux pendant qu'elle arpente le magasin.

— T'as réussi tes partiels ? il lui demande histoire de faire la conversation.

Anissa glousse.

— Ouais, je dois me taper les rattrapages en septembre.

— Han, c'est pas bien, il rétorque faisant mine de l'engueuler.

Anissa rougit. Hugo trouve ça super mignon. Ça fait ressortir ses taches de rousseur. Il bipe les articles, tout en poursuivant ce small talk qui ne berne personne et qui ne vise qu'à créer une complicité artificielle avec son crush. Il hésite un peu et finit par lui demander si elle a un snap. Puis glisse dans son sac en plastique des amandes. Cadeau de la maison. Une fois Anissa partie, Hugo se retrouve seul avec sa mouche. Elle est toujours là, celle-là, à grésiller.

Las, il extirpe son téléphone portable de sa poche et se rencarde sur ses dernières notifs. Il a reçu plusieurs messages de son pote Mehdi sur WhatsApp. Leur grand truc c'est de s'envoyer des photos de meufs trop bonnes qu'ils ont screenées sur les réseaux. Leur feed consiste essentiellement en une suite de photos de culs. La conversation pourrait être interdite aux moins de dix-huit ans. Mehdi vient de lui envoyer une photo d'une bomba. Hugo lui répond avec un emoji aubergine. Il switch pour aller ensuite sur Insta, checker le compte de son idole : le Fumier. Hugo regarde ses story. Il like son dernier poste. Il a toujours été fasciné par le joueur de foot franco-algérien. Il envie ce lifestyle fait de barbecues au bord de piscines, de jolies nanas, d'argent facile. Une sorte d'American Dream qu'incarnent quelques rares footballeurs, des rappeurs egotrip expatriés ou des anciennes starlettes de la télé-réalité. Avec sa gueule d'ange, son corps d'athlète, son air joueur mais engageant, le Fumier fait fantasmer les daronnes aussi bien que les gamines de dix-sept ans. Hugo rêve d'être comme lui, de mener grand train dans des villas cossues en Espagne. Sur Insta, le Fumier documente sa vie en filmant au ralenti des images de Porsches ou de Bentley, de piscines turquoise et de montres dorées, or plaquées. En un mot, il est son héros.

Hugo est absorbé par un échange de tweets enflammés entre Booba et Karis quand une notif' s'affiche en haut de son écran. Le message vient de Yassine. Il dit « voici un morceau que tu vas aimer » suivi d'un « mec t'as vu ça ? ». Hugo clique et tombe sur un lien qui le renvoie sur l'appli Spotify. Hugo comprend tout de suite qu'il s'agit d'un morceau de Cobra. Le premier single de son fameux album. Celui pour lequel il lui a cassé la tête durant des mois. Il sort ses écouteurs de sa poche, les démêle à moitié et branche dans une oreille son EarPod avant d'appuyer sur play.

Il est tellement concentré sur son écran cinq pouces qu'il n'a pas vu Chérif entrer dans le magasin. Partout où il passe, le vieux traîne sa torpeur. Il est comme anesthésié. Il a aidé Aziz à ranger Oasis, et French à récupérer les disques. La distance puis le départ de Cobra ont fini de l'achever. Ils ont baissé le rideau de fer au sens propre comme au figuré. Puis Aziz s'est éloigné dans sa fourgonnette et avec lui se sont envolés les derniers remparts de la vie d'avant. Une fois rentré chez lui,

Chérif s'est assis sur le divan. Il a contemplé les murs pendant une heure, puis il a décidé d'appeler Maurice et de lui céder les droits. Ces temps-ci, Chérif pense à écrire ses mémoires. Une idée que Sohan lui a soufflée. Ça te fera du bien, il a dit. Et c'est vrai que ce n'est pas con. Toutes les ex-vedettes des eighties s'y sont bien mises, alors pourquoi pas ? Chérif entre dans l'échoppe parce qu'il a pris goût au pain matlouh et à la kesra, ces galettes de semoules à la fois sèche et moelleuse qu'on déguste au Maghreb, et qui fondent sous la langue, des denrées que souvent Cobra lui apporte. Il se dit que le petit sera là. Peut-être qu'ils pourront parler…

Hugo a les coudes sur le comptoir, la tête entre ses mains. Il fixe l'écran de son téléphone portable. Captivé. Il est surpris par le démarrage des instrus. C'est très différent de ce à quoi il s'attendait. Il reconnaît des sonorités orientales, un BPM rapide, des beats puissants, et soudain la voix de son frère dans un style mi-rappé mi-chanté assez désarçonnant. Il est surpris par les choix de production qui sont très pros et se laisse emporter par le track. *Damn*. Le mec a fait ça bien. Le truc est maxi chiadé. Hugo doit même avouer que ça envoie du lourd. Il est touché par les paroles, par l'alliance du lyrisme et de la puissance. L'espace d'un instant, il s'évade. *God bless la musica.*

Et c'est une sensation étrange de légèreté qui s'empare de lui, un sentiment profondément enfoui, celui de l'émotion et de la joie, qui lui fait lâcher la mâchoire, desserrer le poing et s'abandonner à la mélodie. Il y a quelque chose de maîtrisé et de sûr de soi dans le morceau de Cobra qu'Hugo n'avait jamais décelé auparavant. Comme s'il avait refusé de voir que depuis tout ce temps son frère était devenu un homme. Il se retrouve désormais devant le fait accompli, sidéré de constater que Cobra est devenu, à force de travail, l'artiste qu'il a toujours clamé être.

La chanson s'appelle « White Trash ». Elle parle des sentiments d'un jeune homme qui n'a rien d'autre dans la tête que le cul, le foot et ses potes. Un mec du tiéquar qui traîne sa carcasse, a la même coupe que Neymar, joue à Fifa le soir après une journée harassante de valet pour mettre à l'abri la daronne. Un mec absolument random qui traîne une existence médiocre, obligé de survivre dans une société où il n'a pas sa place, victime d'un délit de sale gueule. Un Slim Shaddy comme tant d'autres qui a renoncé à se battre, mais qui rêve secrètement d'une dream life à Miami ou Dubaï, où il claquerait des doigts comme dans la pub Paco Rabanne pour pécho des lovés et des meufs. Cobra a employé la première personne du singulier et c'est vrai qu'il a toujours su raconter des histoires. Le morceau est trop dar mais il y a quelque chose qui cloche. Parce que ce n'est pas son histoire que Cobra raconte. Hugo l'a capté tout de suite. L'histoire que cet enfant de la honte rapporte, c'est la sienne. Symboliquement, son frère l'a bafoué.

Chérif est à la caisse. Hugo ne l'a pas remarqué. Il se poste devant le comptoir et attend que le môme daigne lever la tête de son portable. Mais l'attente s'éternise et Chérif décide de se racler la gorge pour le sortir de son état d'hypnose. Hugo ne cille pas. Le pauvre. Il hallucine grave.

… La découverte est brutale, quasi insupportable. Déjà se reconnaître dans une chanson c'est compliqué, mais là, c'est vraiment trop. La manière dont il le décrit, ce personnage qu'il a inventé en s'inspirant de lui, ça le dévaste. Quand on écrit on fait toujours un peu du mal. Mais là, Judas a frappé fort. Peut-être qu'il ne s'en est même pas rendu compte. Mais le résultat est le même. *The harm is done.*

Entre eux, ça a toujours été comme ça. Cobra a grandi en décalage. Il paraît que c'est le propre des artistes de ne pas être directement dans la réalité, de loger dans le pas de côté, et pourtant d'emmagasiner et de retranscrire comme si on avait fait partie de la masse. Alors que souvent il s'est contenté des miettes, des histoires racontées, des souvenirs des autres. C'est un putain de voleur en fait, et ça Hugo ne lui pardonnera jamais. Il lui vole sa vie, ses souvenirs, sa misère. Il en fait un personnage qu'il s'approprie, comble du cruel. C'est une supercherie. Passe encore qu'il fréquente les bourges, qu'il entretienne la dissonance mais là c'est vraiment trop, il se sent instrumentalisé, manipulé, trahi. Au nom de l'art, Caïn a humilié Abel. Hugo se dit que Cobra est au rap ce que l'École des fans est à la musique savante, une vaste fumisterie.

Chérif commence à perdre patience. Il tend la main et lui tape sur le bras. Le môme sursaute. Dans ses yeux, on peut lire le trouble. Il lève la tête et tombe sur le protecteur de ce bouffon de Cobra. Il ne manquait plus que ça. Le vieux con qui entretient son petit frère. L'ordure à cause de qui tout ce mal est arrivé. Il passe ses articles devant la caisse mais ne peut s'empêcher de lâcher, acerbe :

— J'espère que vous êtes content de ce que vous avez fait.

Quand il sort du magasin, chargé de ses courses, Chérif est sonné. Il ne comprend pas. Vu l'état d'Hugo, il n'a pas osé lui demander après Cobra. Il chemine l'âme vagabonde, pétri d'incompréhension, lorsque son téléphone sonne.

— Chérif ? dit un jeune homme d'une voix assurée à l'autre bout du fil. Bonjour ! Je me présente, je m'appelle Ivan. C'est Swann qui m'a donné votre numéro. Je suis le manager de la chanteuse Vanille. Swann nous a fait écouter les prods qu'il a réalisé dans votre studio et on adore. Vanille et notre équipe aimerions le louer pour la production de son premier album…

34.

— Bonjour Cobra, murmure une voix suave de speakerine. Vous avez vingt-quatre ans et vous êtes originaire de Paris. Vous venez de sortir votre premier single, « White Trash », très remarqué par la critique. Votre musique mêle des sons arabisants colorés, des notes sauvages, un mélange subtil de techno, de rap et de raï. Vos textes parlent d'amour, d'exil et de violence. Votre écriture est spontanée. Elle provoque des images, mobilise les cinq sens. Cobra…, elle marque un temps d'arrêt sexy, d'où venez-vous ?

Assis dans un fauteuil Jean Prouvé, devant un golden latte – lait d'amande, lait de coco, curcuma, cardamome, piment de Cayenne, secouez le tout et servez froid –, Cobra se raconte au micro de Caroline, égérie de la marque aux deux C et podcasteuse improvisée. C'est le deal puisqu'il a été invité à jouer par la célèbre enseigne et doit désormais se plier au rituel de l'interview enregistrée. On lui a prêté un sweat-shirt Jacquemus et un pantalon Agnès B. Il est flambant neuf. On ne le reconnaît plus. Lui qui d'ordinaire traîne dans son « look signature », un T-shirt blanc, orné d'une gourmette argentée, comme un gosse pauvre de la banlieue londonienne, a viré égérie mode autodidacte sur demande de l'attaché de presse.

Ici, on ne dit pas tatouage mais bijou de peau. On évite de dire « le sang de la veine de tes morts » mais « ça a de l'âme » ou « c'est incarné ». Tout le monde est mannequin, architecte ou bosse dans la communication. On trouve même que « la pauvreté, créativement, c'est puissant ».

Au micro de la Parisienne chic qui l'interroge, une Inès de la Fressange nouveau genre, Cobra s'invente une life. Caroline trouve ça « super généreux » qu'il arrive à mettre des mots sur ses traumas. Cobra est mal à l'aise. Lui qui n'a pris ni cours d'équitation, ni de piano. Il a un peu honte de reconnaître que la musique il a appris ça avec des tutos de mecs de douze ans sur Internet à base de « comment faire un banger rap en un aprèm » (cœur sur toi Mattéo si tu passes par-là), ou en rappant en cachette en ASMR dans sa chambre parce qu'il ne voulait pas avoir de problèmes avec le daron. L'entretien lunaire se prolonge.

— Comment nourrissez-vous votre imaginaire ? Qu'est-ce qui vous fait vibrer ?

Il pourrait marquer un silence inspiré et répondre d'une voix habitée qu'il aime le cinéma d'Herzog ou le théâtre de Koltès. Délivrer le genre de réponses qu'on donne en de telles circonstances. Il y a des réponses convenues qu'il est facile de dégainer, des mots totem qui rassurent, flattent le surmoi, cochent les bonnes cases, permettent de montrer patte blanche. Mais Cobra n'en fait rien. Parce qu'à ce moment précis, une seule chose lui passe par la tête, une seule influence et pas n'importe laquelle, celle qui a tout changé pour lui, celle qui lui donne de la force. Son gars sûr c'est Chérif, vous l'aurez compris. Un mois qu'ils ne se sont pas parlé. Sur ce coup-là, Cobra a merdé autant que Zizou en 2006. Et si leur relation s'est étiolée, pas un jour ne passe sans qu'il ne poursuive dans ses pensées la conversation avec le patron. Chérif est avec lui quand il produit. Il est dans un coin de sa tête quand il chante. Quand il fait de la musique, ce n'est pas seulement pour lui, c'est pour eux. La musique, ils la font ensemble. Sans surprise, c'est donc le vieux producteur qu'il invoque spontanément lorsqu'il s'agit d'évoquer ses influences et il ne peut s'empêcher de lui rendre un hommage vibrant, louant son sens du détail, sa minutie, la manière subtile qu'il a de cultiver une forme de purisme touchante. Et plus il parle du maître, plus le jeune homme se rend compte qu'il lui manque.

Son honnêteté a touché le fondateur du festival. C'est lui qui le lui a dit quand ils se sont croisés près du buffet.

— On a pas l'habitude de programmer des artistes qui viennent du rap mais c'était important pour nous de vivre avec notre temps.

Le fil rouge de l'édition de cette année est le monde arabe. Les jeunes créateurs sélectionnés mettent tous de près ou de loin en avant le monde du Maghreb et du Levant.

— J'ai découvert ton travail sur Instagram et j'ai tout de suite flashé… Si jamais tu cherches un lieu où composer ton prochain album, écris-moi. On serait heureux de t'accueillir en résidence…

Margaux marche pieds nus dans l'herbe. Sweet baby doll au soleil. Elle tient un petit chat tigré dans les bras. Une cigarette aux lèvres. De longues jambes sveltes. La jeune femme a tout d'un ange. Pento s'amuse à filmer avec son phonetèl la Mashallance. Le soleil se couche sur la cime des arbres. Le ciel est rosé. L'horizon se fait poème. Les jaloux diront Photoshop. Le bâtiment de béton blanc érigé par Mallet-Stevens se transforme en un jeu d'ombre et lumière. On se croirait un peu à Los Angeles. Mais on est bien à Hyères, en plein cœur du Var. Dans les jardins de la villa Noailles, où le gratin de la mode et de l'art contemporain se désaltère en lichant le Mezcal et les alcools solaires. C'est bucolique et mondain, comme un dessin de Jean-Philippe Delhomme. Margaux s'assied dans l'herbe. Les brins caressant ses jambes blondies par le sunshine. Elle tend les jambes devant elle. Les orteils en éventail, elle soupire d'aise. Une coccinelle volette et vient se poser sur sa main. Amusée, Margaux la porte à ses yeux et observe le petit corps rond et frêle de la bête qui arpente l'épiderme avant de s'envoler vers les cieux. Pento s'assied et colle un baiser tendre près de son oreille. Sailor et Lula vivent leur romance champêtre à fond la caisse, heureux de s'être trouvés. Divine idylle à l'ombre des oliviers. Le lendemain, ils repartent pour Paris, déjà.

Plus tôt dans l'après-midi, Cobra a interprété quelques morceaux devant un public trié sur le volet composé d'artistes cotés et de journalistes en goguette. Un synthé, un micro, le vert foncé des palmiers éventails, au loin le ressac de la Méditerranée. Le jeune homme interprète quelques titres de son album en version acoustique lors d'un showcase sublime dans les jardins de la demeure. Du tableau d'ensemble se dégage beaucoup de douceur. Pieds nus, seulement vêtu d'un jogging à trois bandes, d'un T-shirt blanc et d'une casquette, Cobra livre une prestation sincère et touchante au clavier. *Moderato cantabile*. C'est beau comme une toile de David Hockney. Dans ce décor à l'acrylique, Cobra tient son auditoire.

On est loin de SSD et pourtant ils ont croisé là quelques habitués de Chez Jeannette, s'exclamant pseudo-surpris : « Le monde est petit quand même ! » Ça y est : Cobra est intronisé rappeur de centre-ville, chantre de la « pop urbaine ». Il n'était pas tout à fait à l'aise quand le photographe de Say Who lui a demandé de prendre la pause, mais ça viendra. Il commence à comprendre les rouages du business. Et puis Swann l'a briefé durant ces longs mois.

À la fin de sa prestation, Cobra s'est posté à un coin de la terrasse d'où l'on peut voir le rivage. Il tient un verre de vin blanc sec, inhalant un vent chargé en iode marin. Quelques rayons de soleil de fin d'après-midi viennent lécher le flot tranquille de la Méditerranée, produisant, par cette étreinte, des reflets dorés sur une crinière bleue. Une chanteuse folk entonne quelques ballades à la guitare pour le plaisir des hôtes réunis dans le jardin. L'ambiance est bucolique. Le décor, pastoral. L'azur du ciel apaise ceux qui se noient dans les cocktails. C'est le début de l'été. Les parisiens en exil cancanent, à l'abri des pins parasols. Cobra soupire et se dit « ça y est, je l'ai fait ».

Une main se pose sur son épaule. Il se retourne et tombe sur Saskia, la jeune femme qu'il a croisé à l'Hôtel Grand Amour quelques semaines plus tôt. Elle porte une robe à fleurs vaporeuse, les pieds vernis d'une teinte corail dans des sandales de cuir à sangles. Un trait de rouge dessine ses lèvres. Elle murmure « j'ai beaucoup aimé ». Cobra sourit. Il n'est pas dupe. Un an plus tôt, elle ne l'aurait même pas calculé. Mais aujourd'hui c'est différent, il a « percé ». Et le regard des autres n'est plus le même.

Elle lui demande si les textes parlent de lui. Parce que c'était beau et que quand même cette histoire c'est vraiment touchant. Et lui, au lieu de dire qu'il a tout inventé, qu'il s'est inspiré des autres, qu'il a pillé son frère, lui qui a le regard si clair, si innocent, il esquisse un sourire et il lui ment. Elle prend des yeux de cocker pendant qu'il enjolive une vie de misère. Il sait que c'est mal, mais il a bu et il s'en fout. Elle lui caresse la joue. Sa main est douce. Elle doit mettre beaucoup de crème. Ou ne pas travailler énormément. Les convives se dissipent. Ils confluent par petites grappes vers la pool party qui se tient dans les quatre hectares du domaine. Lola retrouve Cobra et lui dit :

— On va dîner, tu nous rejoins ?

Saskia sort un stylo de son sac et écrit son numéro sur sa main. Elle dit « je rentre à Paris dans une semaine » avant de s'éloigner dans une démarche aérienne. Laissant Cobra légèrement enivré, avec sur la bouche un sourire flottant. Lola rigole :

— Bien joué mon cochon.

Il est midi et ils sont sur le quai de la gare, une de ces gares minuscules qu'on trouve dans les bleds de Province. Un panneau d'affichage, deux bancs, à peine un auvent pour s'abriter du soleil et un quai long de plusieurs dizaines de mètres où des grappes de gens font converse et d'où l'on voit les trains arriver au loin.

Margaux est assise par terre, une casquette sur le nez, les jambes à l'indienne. Elle fouille dans son sac à la recherche de son paquet de cigarettes. French est à côté d'elle. Il lui tend une clope. Ils parlent mastering, pressing et business. Pento passe en revue tous les rushs qu'il a filmés pendant le week-end. Les images du showcase sont superbes. À son retour, il fera un beau montage. Le clip va être déter. Cobra, lui, est debout. Il tourne en rond. Il poste sur les réseaux sociaux une story « retour à Paname, maussade mdr » avec un emoji qui représente un bonhomme qui pleure. Le train doit arriver dans douze minutes selon l'écran, mais avec la SNCF on ne sait jamais. En attendant, Cobra ne boude pas son bonheur. Un bureau de tendance l'a appelé pour lui proposer de devenir égérie d'une grande marque. Un directeur de casting lui a proposé de jouer dans un film. On a aussi parlé de collabs. Les propositions pleuvent dans tous les sens. Tout est allé trop vite pour lui ce week-end. Il faudra qu'il en parle à Charles. Et aussi qu'il appelle Swann, faire un FaceTime depuis les States. Swann est arrivé à Atlanta la semaine dernière. À en croire ses publications, il vit le rêve américain depuis le siège arrière de son Hummer, entouré de mecs recouverts de tatouages, cultivant une attitude badass à base de grillz, de billets verts et de blunts.

French et Margaux discutent accoudés au comptoir du wagon-bar. Le paysage défile comme un film porno en crypté sur Canal, l'écran strié de barres colorées horizontales avec le son qui grésille et tout le bordel. Pento commande un sandwich triangle jambon fromage qu'il avale en quelques bouchées avec des rasades de Vittel.

— Tu veux quelque chose ? il lance à Margaux, qui aspire les effluves du café noir comme une toxico.

La veille, les bright young people se sont couchés tard. À vrai dire, ils n'ont presque pas dormi. Margaux porte des lunettes noires pour masquer ses yeux tirés. Pento passe un bras autour de sa taille. Plongé dans les eaux glacées de son regard, il frôle la pneumonie. Les night birds sont fatigués mais heureux. Le séjour idyllique en Arcadie leur a permis de recharger les batteries. Mais le retour à Paname s'annonce corsé.

Le Digger's Club tourne à plein régime depuis que French a mis en vente les disques de Chérif. Lui qui pensait galérer pour écouler la collection du chef s'est bien foutu le doigt dans l'œil. Ce n'est pas de l'engouement, c'est du délire. Entre les mecs véreux qui spéculent, espérant tripler la mise en achetant des disques au rabais, les Japonais qui se découvrent une passion pour le raï et de riches Californiens qui assouvissent leurs fantasmes inavoués pour les musiques orientales, dans un pays où on peut se faire arrêter à la douane parce qu'on a une gueule trop basanée, la toile s'agite, frénétique à base de clic clic clic. Les disques s'envolent à toute allure, expédiés en DHL sous les doigts de Lola qui fait les cartons pour prêter main-forte à French.

La réponse est inespérée. Les disques rares atteignent des prix indécents. Véritable or noir, les vinyles s'échangent comme des feuilles Diddl entre les mains de morveuses hystériques. Il faut croire que l'exotisme musical a de beau jour devant lui. La faute à un copain de Lola qui a joué quelques morceaux dans un événement filmé par Boiler Room. Dans toutes les bourgades du trône de France, ça shazame à mort. C'est quoi ce son ? D'où ça sort ? Sur les forums en ligne, les diggers s'enflamment. Discogs, le Wikipédia du disque, frémissant de ces clics de souris déraisonnés. Le world wide web a donné le la. Et puis la rumeur a pris comme une traînée de poudre. Il paraît qu'un disquaire du Xe a pécho un deadstock, un stock de disques dormant, comme la belle dans le bois, mais une princesse des raves qui aurait pris trop de taz et serait dans le coma. Ce disquaire, c'est le

Digger's Club, le magasin de disques de French, devenu la plaque tournante de ce trafic. La nouvelle vient de tomber via l'Agence France Presque : French a carjacké le système. Quelques DJ parisiens ont flairé le filon. Le bouche-à-oreille a fait le reste. Résultat des courses, tout le monde s'enflamme pour des sonorités importées d'Afrique du Nord. C'est exotique, c'est oriental, forcément ça interpelle. Dix ans après le retour du zouk et de l'italo-disco, les musiques arabes investissent les clubs. Les soirées Couscous Party fleurissent dans tout Paname. Soudain, il devient cool de se déhancher sur une musique de mariage dans un pays qui pratique l'islamophobie à haute dose. Les diggers s'en donnent à cœur joie. On spécule. On accumule. On transactionne. Les maisons de disques font tourner la planche à billets tandis que les petits-enfants d'immigrés hurlent à l'appropriation culturelle. On s'invective. On réprimande. Mais dans ce déchaînement d'apostrophes, seuls subsistent le son et les corps en mouvement.

French s'est tellement chauffé après ça qu'il a décidé de rééditer certains morceaux pour faire les choses proprement. Les numériser et les remasteriser et pourquoi pas proposer en face B des remix de jeunes DJ pour dépoussiérer ces vieux tubes ancestraux. Margaux s'y est collée. Elle a fait ça bien à tel point que Swann l'a félicitée et a pris l'initiative de passer le test pressing à Joanna. Le test pressing, c'est la version anonymisée d'un morceau qu'on n'a pas encore édité. C'est l'épreuve du feu. Le morceau vierge, à l'état pur. Pas encore sorti dans le commerce. On le passe en club et on avise. Selon l'effet que ça fait. Si personne ne bouge, on peut toujours le retravailler. Mais s'il fait l'effet d'une bombe sur le dancefloor, alors là on peut être sûr qu'on tient quelque chose. Comble de l'ironie, le morceau s'appelle « Cheh ». Bien fait. Bien fait pour toi.

French, donc, a décidé de rééditer tout ce bordel. Parce qu'il a flairé le business, mais surtout parce qu'il a capté qu'il se passait quelque chose. Et puis il veut faire plaisir au vieux qui est subjugué par l'intérêt qu'ont les jeunes pour des disques qu'il a produits trente ans plus tôt. En hommage à Chérif, il baptise le label Fils de Blédards, un clin d'œil irrévérencieux, presque insolent à son label qu'on appelait alors Bled Musique. Les kids ont fait ça proprement. À Lola, French a confié l'artwork. Elle a dessiné les visuels au feutre. La jeune graphiste a esquissé une pochette hyper fraîche inspirée de la calligraphie orientale revivifiée à la sauce acid techno.

Ils sont presque arrivés à Paris et se tiennent serrés dans le couloir du train, près des chiottes, pressés de poser leur bordel, un peu tristes d'être déjà rentrés. Un gosse crie dans le wagon. Les voyageurs sont à cran. On serait bien restés dans le Midi plus longtemps. French observe à travers la vitre le milieu urbain prendre le pas sur le milieu rural, la nature grignotée par les immeubles bas de la banlieue molle. Le véhicule d'acier traverse à vive allure les zones pavillonnaires où il ne se passe rien, où on parle de kermesses, de Top Chef, et où on espionne les voisins. Un entre-deux bâtard qui n'intéresse personne. Il file à toute vitesse vers les profondeurs infernales de la capitale, chaque mètre les rapprochant un peu plus des faubourgs grouillants de monde. Le ciel au-dessus de leur tête se teinte de gris. Dans vingt minutes, ils poseront le pied gare de Lyon. Toute la bande est silencieuse. Chacun déjà pense à ce qu'il fera le lendemain. C'est triste, mais l'euphorie légère de la veille les a presque quittés, un peu comme quand on inhale de l'hélium pour rigoler et que le gaz hilarant vous monte à la tête, réduit le débit d'oxygène, provoque un léger vertige et de la confusion. Une redescente violente qui fait perdre ses repères et laisse le corps exsangue. Voilà, ils sont un peu dans cet état-là, un état de ramasse. Comme un lendemain de soirée où on a beaucoup ri et qu'on se retrouve tout seul chez soi, avec le blues du dimanche soir. On se sent sale en pyjama, honteux de n'avoir rien fait de la journée, si ce n'est Netflix and chill, une commande Uber Eats par pure flemme de beurrer deux tartines, avec une boule d'angoisse dans le ventre à l'idée du lundi matin, de la rame de métro bondée et du retour au travail. Lola drague une journaliste qu'elle a rencontrée au festival et qui remontait à Paris en même temps qu'eux. Pento, de son côté, roule des pelles à sa meuf.

Cobra a la tête ailleurs. Alors que les passagers aperçoivent déjà le museau de Paris, les murs se couvrant de tags à mesure que l'on approche de la ville, il rembobine les événements des derniers jours. Dans son esprit, tout se bouscule : des teintes bleutées, de la chaleur, beaucoup d'amour et de candeur. Les émotions le submergent, imbroglio de l'âme l'abandonnant, exsangue. Le futur s'annonce radieux… Toutes ces propositions lui ont tourné la tête. Bientôt les plateaux télé, les shootings, les concerts, la fame même, peut-être… Ces perspectives lui donnent le vertige. Il perd le contrôle. Son organisme secrète trop de cortisol. Cobra se prend soudain dans les dents un coup de stress puissant. Et se demande : est-ce qu'il va être capable d'écrire à nouveau ? Lui qui a enfanté ses textes dans la douleur, exploitant la noirceur pour nourrir ses mélodies, se met soudain à paniquer hardos. Le palpitant y allant franco. Il a les frissons, les spasmes, les bouffées de chaleur. Ça suffoque dans la gorge. Ça opprime la cage thoracique. Ça étouffe, ça strangule sans scrupule. Cobra est en totale crise d'angoisse. Pour lutter contre cette attaque de panique qui le dévore, le môme se rattache comme il peut à des souvenirs heureux. Il inspire, expire, ancre les pieds dans le sol.

Soudain, il pense au vieux. Cette projection le rassérène. Le cœur battant à tout rompre, il demande à French qui regarde par la vitre du train :

— Et Chérif, ça va ?

French tourne la tête et lui répond :

— Je crois que oui. Aux dernières nouvelles, il pensait à ouvrir son studio de musique à la location.

35.

Dans la moiteur des corps qui se frôlent, érotisme de la sueur et de la chair, la péniche tremble au rythme des beats hallucinés d'une techno déchaînée à 140 BPM.

On raconte que tout fêtard qui se respecte y a déjà fini ses soirées. Au fil des années, la Concrete est devenue une institution pour les amoureux de la nuit parisienne. On s'y retrouve en after, après avoir titubé sur les quais. Les chauffeurs Uber déposent en deçà du Ministère des Finances une cohorte de jeunes gens bourrés. Tous les gosses de Paname achèvent leur course en face de la BNF. Terminus Fin de soirée. Faire la fête jusqu'au petit matin, tel est leur vœu de chasteté.

À l'entrée, les videurs fouillent les paquets de cigarettes à la recherche de drogues dures. Une fille à l'entrée prend la carte bleue et tamponne les poignets. Plus haut, sur le toit du bateau-rave, des kids en liesse ou défoncés discutent un gobelet transparent à la main. Deux filles se roulent des pelles près des escaliers. Margaux les dépasse et rejoint l'étage inférieur. Là où une musique ultra rapide prend aux tripes un public enfiévré. Dans une semi-obscurité sensuelle, les enveloppes se froissent et se défroissent alors qu'un tempo accéléré fait battre le cœur des fêtards en sueur. « *No standing, just dancing.* » Le slogan du club est marqué au sol de la main room.

Margaux s'échoue près du bar. Elle cherche Lola du regard. Mais sa cops n'est nulle part. Alors elle fait signe au barman et avale deux shots d'affilée. Ça y est. Margaux est in da place. Elle a investi la Concrete, le club de ses rêves. Ce soir elle compte se mettre bien de A à Z. Les enceintes crachent un son métallique, ciblant la jugulaire. Joanna est derrière les platines. Elle gère les biz en Y. Un sourire éclaire son visage. La bomba fait la meuf. Margaux la fixe hypnotisée.

Voilà deux semaines que tout le monde s'enjaille pour cet event. Le line-up affiche complet : Kim Kardachiante, Emratatouille, Britney Spritz, Ariana Grindr, Miley Cyrose, Kalashnicole en closing… Programmation 100 % meufs du collectif Filles Épicées. Joanna fait son set en main time. *Category is Basic Bitch.* Swann a géré ça en backstage. Joanna passera le morceau de Margaux à point nommé dans sa tracklist. Quand la foule sera sur le grill. On dit que saignant c'est 55° à cœur. Ici le dancefloor est chaud comme never. Personne n'est là pour niaiser.

Les kids dansent comme des possédés au son des punchlines scandées à tue-tête. C'est du frapcore. Des gros kicks mélangés à du rap qui vous fracassent la mâchoire et font saigner les tympans. C'est sauvage, sublime, hardcore. Autour de Margaux, l'espace se met à tanguer. Les clubbeurs se prennent dans la gueule une musique dévastatrice. Sublime cauchemar pulsatile qui écorche les oreilles. L'alcool se répand dans sa gorge. Soudain, les démarches titubent dans un nuage de fumée perforé de grands éclats de rire. Le liquide incolore fait effet. L'ivresse prend ses quartiers. Lola la rejoint et lui passe une main amicale dans le dos. Sur son T-shirt est marqué : « *Sex is good but have you ever fucked the system ?* ».

Lola a taffé toute la semaine avec French pour faire les envois, mettre les vinyles dans des cartons et les expédier chez le distributeur. Elle est rincée. Déjà les retours sont bons. Il paraît que sur les plateformes le disque stream fort. Parce qu'un mec à Londres l'a joué plusieurs fois en soirée. C'est l'effet Boiler Room. Ils ont cassé des nuques. French est content. Chérif encore plus. Le vieux était surpris d'apprendre que ses vieux disques pouvaient faire danser les gens. Surtout de la musique arabe. Tout le monde se met bien dans cette histoire. Fini le struggle. Pendant qu'elle parle, Lola ne quitte pas Joanna des yeux.

La jeune femme enflamme le dancefloor comme d'habitude. Elle danse derrière le DJ Booth tout en caressant l'equalizer. Alex est à côté d'elle. Il s'approche et passe la main dans le bas de son dos. La DJ se tourne vers lui, ôte le casque et tend l'oreille. Il lui murmure quelque chose, l'embrasse sur la joue et s'en va. Joanna jette un coup d'œil entendu à Lola et Margaux. Elle replace son casque sur sa tête et enchaîne un morceau. Margaux inspire, expire. En PLS. Alex passe devant elle. Il s'accoude au bar, tourne la tête et fait mine de la reconnaître.

— Ah Margaux ! Ça va ?

Il lui tape une bise hypocrite.

— Ça fait longtemps ! Qu'est-ce que tu fous là ? T'es toute seule ? T'es venue voir Joanna ? T'as vu comment elle déchire cette meuf ?

C'est gênant. Margaux a la gerbe devant son petit air satisfait.

— Du coup tu fais toujours de la musique ou ça se passe comment ?

Elle rétorque :

— Non, non, j'ai lâché l'affaire…

— Ravi de voir que ton délire de percer dans la musique est terminé. No offense mais t'étais pas faite pour ça. T'avais ni le profil ni les épaules.

Margaux s'excuse et va se rafraîchir aux toilettes.

On se croirait au purgatoire. Les murs sont recouverts de stickers et d'inscriptions à l'encre noire. « ACAB », « Fuck le 17 », « Men are trash », « Nique la peau lisse ».

Fondamentalement, le spot est infâme. Elle chavire et ferme la porte des chiottes. Enfermée dans ces deux mètres carrés recouverts de graffitis au marqueur, Margaux est dans tous ses états. Elle s'accroupit au-dessus de la cuvette, le ventre retourné, une farouche envie de dégueuler la prenant aux tripes. Des boulettes de papier toilette jonchent le sol. L'ambiance est déglinguée. Les basses font vibrer les murs. Elle essaie de se ressaisir et se dit que rien n'est grave. Mais la rencontre avec Alex l'a bouleversée. Elle se fout une grande claque dans la gueule pour se reprendre. Revigorée, elle s'extirpe des WC. Une fille, dont la mâchoire est crispée par les taz, est devant le lavabo. Elle n'a pas l'air au top. Margaux lui sourit gentiment et se passe de l'eau sur le visage. Dans le miroir, elle aperçoit son reflet. Elle a le regard racé. Il y a quelque chose de déterminé dans ses yeux. Elle passe la main dans ses cheveux. C'est bon, elle se dit. On est là pour s'amuser. Ça va aller.

French et Pento débarquent en retard. Pento est énervé parce que French a oublié quelque chose dans le taxi. Après ça, ils se sont fait bloquer à la porte. La physio le draguait à moitié. Ça a pris des plombes. Ils ont bien cru qu'ils n'entreraient jamais. French a quand même pris son numéro. Il porte un T-shirt au logo de son label dessiné par Lola. Un chameau avec une inscription en arabe hyper chiadé. Margaux caresse le tissu du doigt. Elle dit « chanmé ». Cobra est censé les rejoindre après. Il doit dealer des trucs avec la maison de disques avec laquelle il vient de signer. Des bails à gérer. Tu connais.

Depuis leur séjour à la villa Noailles, le téléphonesonne n'arrête pas de sonner et les propositions de participer à des showcases pleuvent plus fort que les hommes dans la chanson de Gerri Halliwell. *Hallelujah*. On parle même de le mettre en couv' d'un magazine à la rentrée. Une fois qu'ils auront lâché l'album dans la nature. Les kids ont été smart. Ils ont fait monter la sauce. En mode « Gardez les yeux ouverts, restez à l'affût ». Orchestrant release sur release, ils ont roulé leur bosse. Grâce à la force de frappe de la communauté de Swann sur les réseaux, et le clip super fly que Pento leur a concocté, tout ce que l'Hexagone compte de Noé et de Mila s'est butté les oreilles à son premier morceau.

Partout en France, de la rue Saint-Jean à Niort à la banlieue lyonnaise, dans les bâtisses et les chaumières, à travers les lucarnes, sous les vasistas, des petits écrans bleus se sont allumés sous le regard de gamins à demi-endormis. On imagine, depuis l'espace, l'Hexagone se consteller de petits points de lumière, ceux des écrans 13 pouces allumés dans le noir, venant éclairer de leur lueur chétive le visage de ces préado boutonneux. La vidéo s'est propagée plus vite qu'un virus venu d'Asie.

Elle a circulé à haut débit au pays de la fleur de lys, à travers un réseau dense de fibre optique et s'est répandue comme une traînée de poudre dans les logis. Le morceau de Cobra a voyagé par satellite dans la stratosphère. Pour parler simplement, il a fait le buzz.

Mais osef. Ce soir, on n'est pas là pour ça. Ce soir, c'est le soir de Margaux, sa revanche. Le deal avec Joanna est simple : tester sur la foule en liesse son morceau, « Cheh ». À sa grande surprise, la jeune DJ était super contente de l'aider. Elle a dit un bail genre « sororité ». Ça veut dire « faut qu'on se serre les coudes entre meufs ». Évidemment, Alex ne sait rien. C'est un truc de gamin, mais Margaux mène sa vendetta personnelle. Elle veut lui prouver qu'elle était capable de faire quelque chose. Chacun son struggle. Mais pas de galère, elle a taffé d'arrache-pied. Si tout se passe bien ce soir, c'est le début de la route vers le succès. *Money, sex and fame*, vous savez. Autour d'eux, on danse comme si c'était la dernière fois. Il y a de la sueur et les cendriers débordent de mégots. On se dope à grands coups de musique hollandaise sous intraveineuse. Le soleil s'est couché depuis longtemps. Mais le public est a-wa-ke. Les baies vitrées vibrent crescendo. Il est presque deux heures du matin et Lola qui bavarde avec une meuf dit un truc comme « on est toujours le michto de quelqu'un d'autre ».

36.

À Strasbourg – Saint-Denis, Cobra passe à la baraque en chap chap se changer, avant de rejoindre les autres sur la péniche faisant jerker la Seine. Hors de question qu'il loupe le triomphe de sa BFF. La brigade du kiff n'arrête pas de lui envoyer des messages : « T'es où ? Tu fous quoi ? » Cobra est en retard parce qu'il devait gérer des biz avec son nouveau management. Des histoires de contrats. Ça parle synchro, deals publicitaires et musique à l'image. Depuis Hyères, le môme est sur une maîtrise sans faute.

Il est dans sa chambre en train de choisir sa tenue quand son frère se glisse dans la pièce comme un chat. Hugo se poste au seuil de la chambre, massif et lui demande d'un ton énervé :

— Pourquoi t'as fait ça ?

Cobra ne le calcule pas. Il fouille dans son placard à la recherche d'un T-shirt. Son frère s'énerve, l'épaule appuyée au chambranle de la porte. Il l'enchaîne :

— Tu sais très bien de quoi je parle.

Cobra, accroupi, déplie un T-shirt blanc, l'ausculte, hausse les épaules et le replie. Il chantonne presque. Il est pressé de rejoindre ses potes et n'en a rien à foutre de la présence de son frère dans son dos. Il en déplie un autre qu'il range aussitôt. Alors que derrière lui, Hugo s'impatiente, Cobra continue de fouiller dans le placard, passant en revue plusieurs marcels en coton.

Mais Hugo n'a pas l'intention d'en rester là. On sent que la colère l'atteint physiquement. Elle le malmène, le fait trembler, le démange.

— La-chan-son, il se force à articuler. Ton morceau de merde là. Pourquoi t'as fait ça ?

Cobra tourne la tête par-dessus son omoplate, le regarde de haut en bas et hausse les épaules.

— Je sais pas, j'en avais envie, il répond du tac-au-tac.

Il a posé un T-shirt sur ses genoux, ôte celui qu'il porte, renifle ses aisselles, et enfile le T-shirt propre. Puis il se lève pour s'en aller. Hugo a l'air en souffrance. Il fait de la peine.

— Tu détruis ma vie, c'est dégueulasse, il chuchote.

Sa voix chevrote. Écho de ses tourments. Il fait tiep, miskina. Cobra, qui lace sa paire de Air force one, le pied appuyé sur le rebord du lit, lève la tête vers lui et lui balance aussi sec :

— Je lui ai donné une valeur, tu veux dire ?

Puis il traverse la chambre, le contourne et sort.

Hugo s'écarte. Il est sidéré. Cobra est maintenant dans l'entrée. Il passe une veste sans le calculer, enfile une casquette et la positionne sur sa tête tout en faisant la moue devant le miroir. Ça se voit qu'il se trouve beau. Il se mate. Profil gauche. Profil droit. Ce séjour dans le Sud lui a doré les pommettes. Il arbore une jolie peau mate. Il tâtonne les poches de son jean pour s'assurer qu'il est ready. Tél : OK. Clés : OK. Carte bleue…

… Un violent choc interrompt l'état des lieux. Hugo lui a asséné une puissante balayette. Cobra s'éclate la gueule au sol. Couché par terre, sur le flanc, il reçoit désormais des coups de pied violents dans les côtes. Ça chiffonne à la mort. Il a un mal de chien. La pointe de la basket de son frère venant s'effondrer bruyamment dans sa cage thoracique. Il se recroqueville davantage pour se protéger. Hugo souffle comme un veau. Il émet un râle puissant. Cobra a le souffle coupé. Il essaie tant bien que mal de reprendre sa respiration. « Arrête… » il expulse en haletant. La poitrine lui fait mal, au niveau du sternum. Il suffoque. La main sur la commode, il essaie de se redresser avec difficulté alors que les coups continuent de s'abattre sur lui. Il a le torse redressé quand un violent coup de poing dans l'arcade sourcilière le fait s'effondrer à nouveau. Il vient de se manger une droite dans la gueule. Le sang se met à gicler. Le liquide grenat coule devant son œil gauche et vient tacher le parquet.

Avec peine, il parvient à se remettre debout. Son frère se tient désormais devant lui les bras le long du corps. Comme la carcasse d'un bœuf pendu à des crocs de boucher à l'arrière d'un camion frigorifique. Sans force. Il ne bouge plus. Ne fait pas un bruit. Il le fixe avec le regard vide d'un animal mort. Cobra, ramassant ses dernières forces, passe devant son frère qui ne réagit pas. Il ouvre la porte de l'appartement. Jette un dernier coup d'œil autour de lui et shut the door.

Sur la chaussée, Cobra tremble. Son T-shirt neuf est maculé de taches de sang. Il a la paupière qui clignote. Le cœur à 140 BPM. Gabber dans le torse. L'animal blessé s'enfuit dans la nuit noire. Un chat de gouttière qui remonte la rue du Faubourg-Saint-Denis, évitant la lumière des phares, traînant son petit corps frêle, cassé de toupar et ses yeux réfléchissants comme deux fentes jaunes. À travers les vitres de Chez Jeannette où la buée se condense, la pauvre bête aperçoit Marco, qui a pris la gestion du bar depuis le départ de Pento, en train de prendre les commandes. Les lumières tremblotantes des appliques murales éclairent de nouveaux visages. On remplace aisément les êtres. Cobra poursuit sa route, trébuchant, petite bestiole nyctalope. Il longe les rideaux de fer des boutiques fermées la nuit. Elles sont recouvertes de tags qu'éclairent faiblement les lampadaires. Puis glisse comme une ombre devant les terrasses où les jeunes du quartier enquillent les verres. Personne ne le voit traîner son armature bancale. Autour de lui, le monde vacille. Il a des acouphènes. Pourtant il avance. Mu par une force exceptionnelle.

À un feu rouge, une voiture décapotable. Quatre filles d'une vingtaine d'années chantent à tue-tête du Jul, le nombril à l'air. La conductrice fume une cigarette. Elle a un piercing au nez et du bleu sur les paupières. Cobra traverse au passage clouté. Le coude appuyé sur la fenêtre, la *tchikita* au regard qui tue et aux cheveux longs, cendre sa clope, faisant osciller sa queue-de-cheval. Elle est belle comme une fille de vingt ans qui file dans l'opacité du soir pour faire la fête, avec du noir autour des yeux, et du rouge un peu brillant. Le feu passe au vert. Elle appuie sur l'embrayage et la voiture décolle dans le noir aux cris de « Ma jolie ». Cobra regarde cet attelage s'envoler, à l'agonie. Pourtant, il poursuit sa marche. Il chancelle, oscille, souffre le martyr. Son buste l'élance. Mais jamais ne faiblit.

À gare de l'Est, le long des grillages de fer en deçà des voies, il scrute l'architecture complexe des rails. Squelettes mécaniques d'acier composant l'ossature d'une gare. Il se voit descendant du train, quelques jours plus tôt. Le fantôme de French qui lui tape dans la main avant de partir avec Margaux et Pento. Lola qui enregistre le numéro de la meuf sur son téléphone. Elles s'envoyèrent des nudes et eurent beaucoup d'enfants, tu coco. Lui qui s'engage, conquérant, son sac sur l'épaule. Sa silhouette s'éloignant sur les quais, évanescente.

Entre les porches, les arches, les caches, il se déplace de manière agile et silencieuse. Frôlant l'asphalte, la créature secrète erre, vagabonde, clopine sans but. Passe au hasard devant un épicier arabe. Un jeune vendeur, dix-neuf ans au bas mot, est assis sur une chaise haute devant des étals de fruits verts et de légumes épuisés. Cobra se demande qui peut bien acheter des poivrons à une heure pareille. Le vendeur de garde est focus sur son téléphone portable. Sous un néon clignotant « 24 heures sur 24 », il joue à Pokémon Go.

À un moment, Cobra s'arrête. Un peu au-deçà de Stalingrad, de l'autre côté de la Halle Pajol. Dans le décor apocalyptique d'un pont, au-dessus des voies. Taché de sang, son corps lui fait mal, enveloppe de chair mitée qui n'est plus que souffrance et larmes. L'animal blessé dresse les oreilles, s'imprégnant à fond du silence de la nuit, celui qui est différent, parce qu'il mêle les peurs, les peines, les baisers aux aurores, le contact électriques des corps, le désir sexuel, et les angoisses existentielles, les cauchemars des petits enfants qui viennent se blottir dans le lit de leurs parents, les pleurs dans les oreillers et les draps trempées des sueurs nocturnes, le silence reposant aussi des bienheureux qui dorment à poings fermés.

Le silence de tous ces êtres l'enveloppe, un silence plein de bruits, sensible nuancier, qui l'emmitoufle, le bande, l'emmaillote. Sublime écorce dans laquelle le petit animal se love. Un silence qu'il revêt comme une peau d'âne, second épiderme, un fourreau, presque une cuirasse. Tous ces silences soudain lui appartiennent. *Prince des villes* est maître de la nuit. Soudain, il s'agrippe à la rambarde et transperce ce beau silence d'un cri.

37.

Le fuseau horaire avoisine les 9 heures du matin mais il fait déjà vingt-huit degrés à l'ombre. Chérif est dans la cuisine en train d'écluser son café. Un rayon de soleil resquille par la fenêtre. Le producteur fait sa photosynthèse. Il se campe contre les premières éclaboussures brûlantes qui viennent lécher sa peau.

Branché sur Radio soleil, 88.6 sur la bande FM, Chérif secoue le cigare au rythme de la chanson qui titille les ondes. C'est un morceau de Mohamed Mazouni, le dandy nomade. Ça parle du boulevard de Magenta, de Fanta et du mec qui joue dans *Grease*. Le grand brun, là. Celui qui finit par se taper Sandy en tenue de cuir. Chérif se trémousse tout en allant se resservir du moka à la cafetière italienne. Le liquide brun hume bon le réveil. Le vieux est sémillant. Il aime l'odeur de l'aspartame au petit matin.

Depuis qu'ils ont lancé le site Internet, le studio de la rue d'Enghien suscite des vocations. Swann lui a fait une pub d'enfer. Et puis l'album de Cobra a fait le reste. Tonton est sur le pont. Ce matin de juin, l'équipe de Vanille doit en prendre possession. Chérif a l'intention de ranger avant qu'ils ne viennent. Passer l'aspirateur, moirer la moquette, fourbir les turbines. Aux dernières nouvelles, Vanille prépare l'Eurovision.

Le vieux croque dans sa tartine à la confiture de fraises gariguettes quand son regard tombe sur un post-it. Inscrit noir sur blanc « papiers de l'assurance ». C'est le manager de Vanille qui les lui a demandés. « Pour être en règle. » Mère courage lappe le café tout en traversant le salon où les rayonnages sont clairsemés. Au début, Chérif a eu du chagrin face à ses cloisons orphelines. Et puis c'est comme tout, ça a fini par passer. Surtout depuis qu'ils se sont lancés avec Sohan dans le projet ambitieux d'élaborer une *tracklist*. Une sélection des plus grands tubes de raï. Un jeune curateur ayant fait ses armes à la Tate Modern lui a proposé de chapeauter le projet. En vue de la rétrospective-événement qui se déroulera à la Villette au printemps. Ça s'appellera « Paris-Oran ». Tout naturellement, le commissaire a jugé bon d'y associer le patron. L'expo tournera ensuite à New York et à Londres. De son vivant, le vieux ne pensait pas connaître une telle consécration.

Parvenu devant le bureau, il ouvre les tiroirs et se met à fouiller parmi les notices d'utilisation, les ordonnances et les factures. Sa main s'aventure à l'aveugle entre les piles de brochures. Tout à coup, ses doigts butent contre un bout de carton un peu plus solide que les autres. Il extirpe l'imprimé collé à la paroi. Le cliché est un peu passé. Il a le grain des daguerréotypes. On y aperçoit Swann, Margaux et Cobra à pied d'œuvre. Instantané volé d'un soir de jam session. Le visage de Chérif se déride. Un mois déjà que Swann s'est envolé outre-Atlantique. Cobra et Margaux lorgnent sur la salle Pleyel. Ils ne se croisent plus que de temps à autre. Le vieux se languit du petit chose. Il finit par mettre la main sur la déclaration en cas de sinistre et les documents de l'assurance habitation. Du bout des doigts, il repousse toute la paperasserie. Retentit alors un bruit métallique. Chérif se penche et trouve au pied de la console un jeton. Sans y réfléchir, il le fait tourner entre ses doigts et le glisse dans le renfoncement de son pantalon.

En bas, la cour de l'immeuble est silencieuse. À peine le bruit d'une poubelle que l'on traîne sur le bitume. Il tâte les poches avant de son jean, tire les clés de leur compartiment et les introduit dans la serrure. La porte vient buter sur un tas d'enveloppes. Chérif est en train de parcourir les en-têtes timbrés quand ses antennes captent un sifflement. Son regard tombe sur le canapé où est étendu un corps. Il tressaille. Chérif a reconnu le môme sur-le-champ.

Cobra est couché en cuillère sur le divan. Il sommeille. Seul son souffle régulier trouble la quiétude de la pièce. Une respiration enfantine. Celle d'un poupon pendant la sieste. Au sol gît son ordinateur nimbé de feuilles froissées, de blocs Moleskine et d'un stylo. Sur la pointe des pieds, Chérif s'approche, saisit une fane par terre qu'il sillonne. Dans l'obscurité, il discerne quelques bribes. Le texte est écrit à la manière d'un poème. Il parle de violence, d'amour et de haine. Au sommet, en lettres de sang : *Fratricide… Amours chiennes…* Tout de suite, Chérif comprend qu'il s'agit d'une chanson.

En jetant un œil au bordel ambiant, le vieux devine que le petit a passé la nuit là. Il est sur le point de s'en aller piano piano, pour laisser le minot se reposer quand, par mégarde, son pied vient buter contre la table basse. Sous le choc, il ne peut retenir un gémissement. Dans le canapé, Cobra s'agite. Il se tourne sur le flanc, entrouvre un œil avec un air d'incompréhension en travers de la gueule et murmure, la voix rauque, « ça va ? » Son T-shirt est maculé. Des traces d'hémoglobine séchée, à la teinte grenat. Le môme a même de la matière oxydée collée à l'arcade sourcilière. L'enfant des rues est bien amoché. Il s'est fait salement marbrer la trogne.

Terrassé par la surprise, Chérif reste un instant les bras ballants. Cobra se redresse. Chaque mouvement lui coûte. Il a mal à la tête. Comme une sensation d'étau au niveau des tempes. Son torse l'élance. Des courbatures dans l'épaule gauche. Le minot a pris cher. Chérif chuchote :

— Qu'est-ce qu'il s'est passé ? Tu as mal ?

Ce faisant, il lui tend une bouteille d'eau qui traîne sur la table basse. Pendant que le chiquito s'abreuve, Chérif s'interroge. Il pense à Hugo. À sa remarque acerbe de la dernière fois. Ces deux-là s'aiment autant que Liam et Noel Gallagher. Obligé c'est lui qui a fait ça... Circonspect, Chérif atermoie. Mais déjà le môme reprend des couleurs. Il finit sa gorgée, lui sourit et murmure « t'inquiète pas ».

C'est à ce moment-là que le téléphone de Chérif se met à sonner. Le vieux s'empresse de décrocher et, après quelques secondes bredouille « vous êtes déjà là ? », avant de se tourner vers Cobra et de murmurer soucieux :

— Je reviens tout de suite ! Bouge pas !

Dehors, le thermostat a encore grimpé de quelques degrés. Une gouttelette de sueur se fraie le long de son épaule. Devant la porte de l'immeuble se tiennent assis sur le capot d'une voiture une punkette qui mâche un chewing-gum, entourée de deux loulous fumant une cigarette et portant du matos. Chérif phosphore. Il se demande comment gagner du temps... Osant à peine s'avouer qu'il est trop content d'avoir retrouvé le môme. Poussé dans ses retranchements, Chérif tergiverse.

Vanille s'abandonne à un bâillement qui lui décroche la mâchoire. Son acolyte s'impatiente sous le poids des amplis et de la guitare. Soudain Chérif *eurêkate*. Il se tourne vers eux et s'exclame :

— Vous voulez un café ? Ça vous dit de monter d'abord chez moi prendre le petit déjeuner ?

Par inadvertance, il glisse la main dans sa poche, tombe sur la pièce, la sort. Constate, étonné, qu'il s'agit d'un franc. Son visage s'illumine et il leur demande :

— Ça vous dirait de voir un Scopitone ?

Remerciements

À Véronique Cardi, la présidente des éditions JC Lattès, ainsi qu'aux éditeurs Jeanne Morosoff et Mahir Guven ayant porté et défendu ce texte, l'enfant de la party reconnaissante. Mais aussi à tous ceux qui ont fait office de passeurs de connaissances : Guido, Maxime, Bab, Carmen, Antoine, Vincent, et les autres.

Aux copains à qui j'adresse des pensées tendres : Jérémy, Monia, Jeff, Elie, François-Alexandre, Siaka, Hélène, Paco, Jérémie, Djamila… À Jérôme, Patrick, Elisa, Edma, Raphaël, et ceux que j'oublie. Ne m'en voulez pas, dirait Khaled.

CET OUVRAGE A ÉTÉ COMPOSÉ PAR NORD COMPO
ET ACHEVÉ D'IMPRIMER
PAR GRAFICA VENETA (35010 TREBASELEGHE)
POUR LE COMPTE DES ÉDITIONS J.-C. LATTÈS
17, RUE JACOB – 75006 PARIS
EN XXX 2021

JC Lattès s'engage pour l'environnement en réduisant l'empreinte carbone de ses livres.
Celle de cet exemplaire est de :
XXX g éq. CO_2
Rendez-vous sur
www.jclattes-durable.fr

PAPIER À BASE DE
FIBRES CERTIFIÉES

N° d'édition : 01 - N° d'impression :
Dépot légal : XXX 2021
Imprimé en Italie

Imprimé en France
TEST/1/P

* V I L L E *